멜랑콜리 해피엔딩

강화길, 권지예, 김사과, 김성중, 김숨, 김종광,
박민정, 백가흠, 백민석, 백수린, 손보미, 오한기,
윤고은, 윤이형, 이기호, 이장욱, 임현, 전성태,
정세랑, 정용준, 정지돈, 조경란, 조남주, 조해진,
천운영, 최수철, 한유주, 한창훈, 함정임

멜
랑
콜
리

해
피
엔
딩

작가
정신

故 박완서 선생(1931~2011) 8주기

선생의 문학 정신을 기리며
하나 된 마음으로 바칩니다.

박완서 선생을 기억하며

"박완서 소설가는
한국어로 소설을 읽는 사람이 남아 있는 한,
언제까지고 읽힐 것이다"

글을 쓸 수 없다고 생각할 때면, 나는 늘 박완서 선생님을 떠올린다. 이유는 모르겠다. 다만 그렇게 한참 그녀의 작품을 떠올리고 있다 보면 위로가 된다. 잘할 수는 없어도 계속할 수는 있을 것 같다는 느낌이든다. 그것으로 충분히 위로가 된다. _강화길

박완서 선생님은 최고의 요리사다. 어떤 시시한 일상적 소재로도 삶의 진수를 뽑은 이야기의 진수성찬을 차려낸다. _권지예

그녀는 쥐보다 비천한 삶을 살아가는 우리 도시의 인간들을 누구보다 사랑했다. _김사과

눈 속에서 노란 보름달처럼 떠오르는 복수초를 알려주신, 보름달보다 환히 웃으시던 박완서 선생님. _김숨

20세기 한국 서민·불우 이웃 여성들의 삶과 생각과 감정을 실록 이상으로 묘파한 다시없을 사관. _김종광

인생은 나의 것, 활자는 나를 자유롭게 해주는 것이라는 사실을 처음 깨닫게 해준 분, 소녀 시절의 꿈과 희망을 오롯이 환기하는 분. _박민정

박완서 선생의 소설을 읽는다는 것은 굴곡진 우리의 근현대사에 대한 이중적인 시선에서 벗어나 관조적 시점을 체험하는 일이다. 그것이야말로 이 시대에 가

장 필요한 문학적 지표가 아니겠는가.   _백가흠

대학 다닐 때 여자 동기들이 항상 박완서 선생의 책을 끼고 다녔다. 그녀들의 정신적 어머니.   _백민석

흙을 주무르다 까매진 손톱 밑을 며칠 방치하면 거기서 푸릇한 싹이 돋아나지 않을까, 언젠가 박완서 선생님의 이 고백에 홀딱 넘어간 적이 있다. 활자 몇 알이 내 안의 후미진 곳마다 들어와서 수상한 발아를 시작했으니, 이제 나는 맨손으로 책을 펼칠 때도 맨손으로 흙을 만질 때만큼이나 다부진 각오가 필요하다는 것을 안다.   _윤고은

여성에게 삶의 매 순간이 투쟁임을, 문학이 순응이나 타협이 아니라 격렬한 싸움임을, 박완서 선생만큼 평생 온몸으로 체현하며 살았던 사람이 있을까. 참혹함을 외면하지 않고 정면으로 노려보는 용기와 그것을

끝내 자신의 문장으로 써내는 힘을 경외심을 품고 바라보게 된다. _윤이형

이경과 하진과 수연과 또 수많은 박완서의 인물들이 여전히 우리 곁에 살고 있다. 헐벗은 나무와 목마른 계절과 도시의 흉년 속에서. _이장욱

결코 쉽게 쓰일 수 없는 문장들이 쉽게 읽힐 때, 어떤 배려 깊은 다정함도 함께 읽게 된다. _임현

박완서 문학이 묘사해내는 생활 감각은 탁월해서, 이웃의 갈망이 낳는 소소한 내면적 불편과 갈등이 잘 그려진 선생님의 소설을 읽고 나면 "왜 이렇게 사나?" 하고 흔들리고는 했다. _전성태

박완서 소설가는 한국어로 소설을 읽는 사람이 남아 있는 한, 언제까지고 읽힐 것이다. _정세랑

박완서 작가는 그 자체로 한국 문단의 아주 중요한 꿈이다. _정용준

그의 삶에 대해 의심하지 않고, 걱정하지 않고 존경할 수 있는 작가가 있어 다행이다. _정지돈

소설은 "사람을 불러들일 수 있는" 재미가 있어야 한다는 점과 그 가치를 보여주신 분. _조경란

막막하고 두려워 숨이 턱 막히기도 합니다. 그럴 때 선생님의 문장들을 손끝으로 짚어가며 읽습니다. 저에게 의식 같은 일입니다. _조남주

박완서 작가님의 소설은 차가운 진실의 필터이고 그 필터 너머로 보이는 최종의 오브제는 나 자신이다. 부끄러움을 잃지 않는다면 가능한 삶, 읽을 때마다 그것을 배운다. _조해진

정밀한 관찰로 삶에 대한 부감을 획득하는 소설의 교본. _한유주

선생님은 막다른 순간에 올려다보는 새벽별이고, 부끄러움을 깨닫게 해주는 거울이고, 방향을 반듯하게 인도해주는 등대이다. 그리고 무엇보다 선생님은 집이고, 어머니이다. 탕아가 돌아올 수 있는 집, 안길 수 있는 어머니. 선생님은 소설의 어머니이고, 소설의 집이다. _함정임

심심파적, 가벼운 마음으로 읽어가다가 풋 웃음을 터뜨리는가 하면 잠깐 책장을 덮고 가만히 한숨을 내쉬기도 한다. 내 마음 안에 숨어 있던 것, 억압되어 있거나 짐짓 모른 체 외면해왔던 것들이 슬쩍 민낯을 내미는 순간들이다. 내가 갖고 있는 맹점, 사각지대의 발견이기도 할 것이다. 환상이나 자기기만 허위의식 무반성한 일상이라는 커튼이 휙 젖혀질 때의 한마디로 설명이 되지 않는 그 착잡한 감정들을 나는 그저 '생의 맛'이라고 말하고 싶다.

인간사, 인생사의 복잡하고 오묘한 켯속을 명민

한 눈길로 날카롭게 짚어내며 따뜻이 끌어안았던 박완서 선생의 문학 정신에 대한 존경과 애정으로 바쳐진 이 짧은 글들은 생의 순간들을 번쩍, 비춰 보이는 것으로써 인간이란 무엇이고 우리는 누구이며 관계의 본질은 어떤 것인가라는 물음을 던지고 있다. 그런 의미에서 삶의 리얼리티에 가장 근접해 있는 글일 수도 있겠다. 편편의 작가들은 해찰하면서 딴청 부리고, 에두르는 방식으로 허를 찌르는 반전과 막판 뒤집기를 향해 전력 질주하고, 그러한 글을 읽으며 우리는 얼마나 많이 삶의 섬세한 결과 울림을 놓치면서 무감각하게 무심하게 살아가는가, 중독과 상투성의 감옥에 갇혀 있는가를 깨닫게 된다.

오정희(소설가)

차례

꿈엔들 ——

잊힐 ——— 리야

　　　　　　　　-강화길

1986년 전북 전주 출생. 2012년 《경향신문》 신춘문예로 등단. 소설집 『괜찮은 사람』과 장편소설 『다른 사람』이 있다. 2017년 젊은작가상, 2017년 한겨레문학상을 수상했다.

5년 전, 외할머니가 돌아가셨다. 많은 것들이 과거가 되었다. 사라져버렸다. 지금 외갓집에 가면 한때 외할머니가 살아 있었다는 사실이 의아하게 느껴질 정도다. 그녀가 쓰던 방은 사촌 동생—외삼촌의 아들—의 공부방이 되었다. 그래서 그녀의 물건들 대부분이 사라졌다. 체취가 배어 있던 담요, 손때가 묻어 반질반질하던 원목 좌탁, 다이얼이 달린 구형 전화기. 이제 모두 없다. 하지만 외할머니가 내게 해준 그 이야기만큼은 예외다. 그녀의 젊은 날, 어쩌면 인생에서 찰나에 불과했을지 모를 그때 한순간, 그 모습만큼은 내 기억 속에 생생하게 남아 있다.

외할머니는 외할아버지를 은행에서 만났다. 그는 손님이었고, 그녀는 직원이었다. 그녀는 검소했지만 멋쟁이였다. 가끔 한 달 월급에 맞먹는 가격의 가방을 사기도 했다(그러기 위해서 매일 점심을 굶었다). 그는 그녀의 그런 면모를 좋아했다. 하고 싶은 걸 해야만 하고, 갖고 싶은 걸 가져야만 하고, 기필코 무언가를 해내는 사람이라고 생각했다. 그녀 역시 그를 좋아했다. 그는 미남이었고, 다정했으며, 손재주가 좋았다. 무엇이든 뚝딱뚝딱 고쳤고, 만들어냈다. 그 시절의 연애라고 해서 특별할 것은 없었다. 만나서 밥을 먹고 산책을 하고 차를 마시고, 그러다 결혼을 했다. 이것이 요즘과 조금 다른 점일 수도 있겠다. 그 시절, 그러니까 전쟁 후 7년을 넘긴 시점에서 연애를 한다는 건 곧장 결혼을 의미하는 것이었으니까. 물론 고지식한 관점일 수도 있다. 평생 함께 살고 싶을 만큼 서로가 좋았을 수 있으니까. 그런 감정은 시대와 전혀 상관없는 것이니까.

그리고 그들은 싸울 때 일본 말을 했다.

아이들이 내용을 못 알아듣게 하기 위해서였다. 하지만 아이들은 부모가 왜 싸우는지 알고 있었다.

가난, 책임, 선택, 회피, 그리고 그것을 상징하는 자신들. 그들은 부모를 이렇게 파악했다. 아버지는 다정하지만 무능력한 남자이다(손재주를 돈으로 바꾸는 법을 모르는 사람이다). 어머니는 알뜰하고 생활력이 강하지만 늘 화가 나 있다(매우, 아주, 많이). 당연한 말이지만, 이제 그녀가 월급에 맞먹는 가방을 사는 일은 없었다. 하지만 그 사실은 그녀를 화나게 하는 진짜 이유가 아니었다. 일상이 무너졌다는 것이 문제였다. 남편이 한 직장에 오래 다니지 못한다는 것, 그래서 그녀가 벌어 오는 적은 돈으로 세 아이를 건사해야 한다는 것. 하루하루가 고비였다. 그 불안 속에서 가족을 지키는 사람이 오직 자신뿐이라는 것. 그 사실이 그녀를 화나게 했다. 그녀는 남편이 자신을 방패로 삼고 있다고 생각했다.

　남편은 다르게 생각했다. 그는 자신에게 아직 기회가 오지 않았다고 생각했다. 그는 하고 싶은 일을 하면서 살고 싶었다. 그걸 찾지 못했다는 것이 문제였다. 그는 목공, 악기 연주, 글쓰기, 사진 찍기 등에 능했고, 그 재주를 팔아 푼돈을 벌었다. 그중 하나라도 정착해야 옳았지만, 그는 계속 방황했다. 잡다한

재능들 중 무엇을 가장 원하는지 몰랐기 때문이다. 그는 시간이 조금 더 필요하다고 생각했다. 아내의 분노는 이해하지 못할 것이 아니었으나, 원망스럽기도 했다. 그는 아내가 월급에 맞먹는 가방을 사는 삶을 살지 못해 화가 났다고 생각했다. 왜 그랬을까. 그들은 언제나 싸웠고, 마음에 맺혀 있는 이야기들을 모두 끄집어내 서로에게 쏟아냈는데, 왜 끝까지 진심을 몰랐을까.

그 일은 첫째 딸이 중학교에 올라갈 무렵에 벌어졌다.

느닷없이 유산이 생긴 것이다. 그의 고모가 세상을 떠나면서 돈을 남겼다. 고모는 젊은 시절 남편이 죽은 후 아이도 없이 줄곧 혼자였다. 애초 남편에게 받은 돈이 상당했고 워낙 검소했던지라 재산이 꽤 되었다. 그래서 말년에 자신을 돌봐준 그에게 유산을 남겼다.

"집을 삽시다."

그녀가 주장했다. 여기저기 아파트가 들어서던 시절이었다. 그녀는 도시에 들어서고 있는 대규모 아파트 단지에 들어가야 한다고 말했다. 이후 그 아파트의 집값은 계속 올랐으니, 현명한 생각이었다. 집을 샀다면 말이다. 그는 집을 사고 싶지 않다고 했다. 그는 돈 일부로 전셋집을 구하고, 남은 돈으로 '자기 일'을 하고자 했다. 하고 싶은 일……. 그는 사업을 벌였고, 1년 만에 처참하게 실패했다. 그렇게 두 사람의 결혼 생활은 사실상 끝이 났다. 둘은 더 이상 일본 말로 싸우지 않았다. 거의 대화하지 않았다. 이혼을 하지 않았던 이유는 글쎄, 역시 시대 때문이었을까. 어차피 의미 없는 일이었을 것이다. 4년 뒤 그는 교통사고로 세상을 떠났다.

나는 그로부터 13년 뒤에 태어났다. 나는 그녀와 그의 첫째 딸의 첫째 딸이다. 나는 그에 관한 이야기를 들어본 일이 없다. 무능하고 이기적인 남자. 엄마는 자신의 아버지에 대한 말을 아꼈고, 외할머니도 마찬가지였다. 이모와 삼촌도 그랬다. 가끔 그들의 어린 시절이 어땠는지, 그러니까 일본 말이 날카롭게 오가는 분위기를 회상할 때를 제외하면, 외할아버지에 관한 이야기는 결코 화제에 오르지 않았다. 나는 자라면서 그에 대해 물으면 안 된다는 것, 그것이 우리 집의 규칙이라는 걸 깨달았다. 그러나 5년 전, 나는 그 규칙을 깨뜨렸다.

외할머니에게 물었던 것이다. "외할아버지는 어떤 사람이었어요?"

돌이켜보면 외할머니는 내 질문을 잘 이해하지 못했던 것 같다. 내가 물었던 건, 말 그대로 그가 어떤 사람이었는지에 관한 거였으니까. 그의 성격, 생김새, 분위기. 그가 어떤 방식으로 무책임했는지, 그래서 가족들을 얼마나 힘들게 했는지가 궁금했다. 그러나 외할머니의 대답은 내가 기대한 것과는 전혀 달랐다.

처음 만난 날, 그는 그녀가 퇴근하기를 기다렸다. 그녀는 그가 자신을 기다린다는 걸 알고 있었다. 사실은 그녀 역시 그를 기다리고 있었다. 그가 은행으로 들어오는 순간, 그가 그녀를 보고 그랬듯이, 시선을 뗄 수 없었기 때문이다. 하지만 그녀는 끝까지 모른 척했다. 결국 그가 그녀에게 다가와 차 한잔 할 수 없겠냐고 물어오는 순간까지 그랬다. 그녀는 못 이기는 척, 그를 따라나섰다. 그리고 오래된 카페에 앉아 이야기를 시작했다.

"무슨 이야기를 했어요?" 나는 물었다.

"몰라. 기억이 안 나."

그녀는 간단하게 대답했다. 그러더니 덤덤한 목소리로 말했다. 계속 마주 앉아 있었다는 것만 기억한다고. 마주 앉아 이야기를 하고, 또 하고, 또 했다고.

"그런데 말이다."

"응?"

정신을 차려보니 네 시간이 훌쩍 지나가 있었다. 그녀는 화들짝 놀라 자리에서 일어났다. 시간이 그렇게 지나간 줄 몰랐던 것이다. 그녀는 너무 놀랐다. 어쩌면 이렇게 몰랐을까.

그리고 기억나는 사실이 한 가지 더 있다고 말했다.

"뭔데요?"

그녀가 대답했다.

"왜 그랬는지는 모르겠어."

"응. 그런데?"

그녀가 대답했다.

"계속 일본어로 대화하고 있었더라고."

외할머니는 먼 곳을 응시하며 작은 목소리로 덧붙였다.

"모르겠어, 정말로. 왜 그랬는지 말이야."

나는 알 것 같았다. 그러나 할머니에게 말하지는

않았다. 그렇게 그녀가 내게 건네준 그 어떤 순간을,
나는 지금도 간직하고 있다.

안
아
줘

-권지예

1960년 경북 경주 출생. 1997년 《라쁠륨》으로 등단. 소설집『퍼즐』
『꽃게무덤』『폭소』『꿈꾸는 마리오네뜨』, 장편소설『사임당의 붉은
비단보』『유혹』(전 5권)『4월의 물고기』『아름다운 지옥1, 2』, 그림 소
설집『사랑하거나 미치거나』『서른일곱에 별이 된 남자』, 산문집『권
지예의 빠리, 빠리, 빠리』『해피홀릭』등이 있다. 2002년 이상문학
상, 2005년 동인문학상을 수상했다.

12월이 되었는데도 아직 첫눈이 내리지 않았다. 하늘이 부연 게 왠지 첫눈이 올 것 같은 느낌인데, 헷갈린다. 미세 먼지 때문인지도 모른다. 선영은 찌푸린 하늘을 쳐다보고는 몸을 한번 부르르 떨었다. 떨리는 몸과는 달리 두 손에 쥔 피켓만은 놓칠세라 꼭 쥐고 있다.

"엄마처럼 제 품에 꼬옥 안아드립니다!"

병원 앞을 오가는 사람들의 표정도 음산하다. 크리스마스 무렵이 다가오면, '프리 허그Free Hugs'를 하는 외국인이나 젊은이들이 명동이나 인사동에 나타나곤 했다. 피켓을 든 젊은이에 대한 호기심을 가장

한 스킨십은 무슨 신나는 이벤트처럼 보이기도 했다. 특히 연예인이나 버스킹하는 젊은이들의 프리 허그는 인기도 좋다. 선영도 딱 한 번 어떤 훈남 청년에게 안겨봤지만, 그저 귀여운 강아지를 잠깐 품은 느낌이었다. 그도 그럴 것이 그 청년보다 선영의 품이 더 넓었기 때문이었다.

하지만 이런 장소는 다르다. 노숙자들의 쉼터나 병원, 보육원이나 양로원 앞. 잘 가지 않는데, 그곳이야말로 술 취한 노숙자들이 떼거리로 안아달라고 달려들어서 줄행랑을 친 적도 있지만, 엄마 품이 그리운 아이나 외로운 노인을 안아줄 수 있어서 좋았다.

초로의 한 여인이 병원 문 앞을 나서다 멍하니 하늘을 올려다본다. 그러다 선영의 피켓을 바라보며 망설이듯 다가온다.

"나 좀 안아줄래요?"

여인의 눈자위가 어느새 붉어진다. 선영은 여인의 마음이 닫힐까 봐 얼른 팔을 벌리고 그녀를 품에 안았다. 깡마르고 초라한 여인의 몸이 가늘게 떨리고 있다. 울고 있다.

"세상에……. 내가, 내가…… 얼마 못 산답니다. 자

식도 돈도 없으니 악착같이 살 생각은 없어요. 그저 내 인생이 서러워서……."

선영은 그녀를 꼭 안았다. 아픈 여인은 한동안 말없이 안겨 있다. 어쩌면 이 여인은 선영의 미래일지도 모른다. 여인이 울음을 추스르더니 품에서 떨어져 나갔다.

"고마워요. 품이 정말 편하고 따뜻하네요."

병원 앞에는 많은 사람이 오가지만, 행색이 초라한 사람들일수록 선영을 바라본다. 둥그스름한 통통한 몸매는 보테로의 그림 속 여인처럼 보인다. 방금 막 꺼낸 폭신하게 부푼 빵처럼 따스할 것 같기도 하다. 모난 데 없이 순한 표정의 선영과 눈을 맞춘 사람들이라면 그래서 용기를 내보기도 한다. 슬퍼 보이는 얼굴로 한 남자가 다가온다.

"정말 한번 안겨봐도 돼요?"

선영이 고개를 끄덕이자 남자가 안긴다.

"우리 엄마 생각이 나네요. 내가 스무 살 때 마지막으로 안겨본 우리 엄마……. 이 병원에서 아버지가 오늘내일하시는데 자꾸 돌아가신 엄마를 찾네요."

선영은 남자를 아이 안듯 손바닥으로 다독거려주

며 자신도 얼마 전에 이 병원에서 돌아가신 어머니를 떠올리며 눈물짓는다. 어머니는 치매를 오래 앓다가 돌아가셨다. 인생의 시간을 거꾸로 돌리는 가혹한 그 병은 어머니를 오랫동안 어린아이로 머무르게 했다. 어머니는 선영을 아예 못 알아보고 엄마라고 불렀다. 볼 때마다 안아달라고 조르고 성화를 부렸다. 똥 치우고 기저귀 가는 데 지친 선영은 그럴 때마다 떼를 쓰는 어머니를 밀치곤 했다.

어머니가 돌아가시자 가난한 쉰 살의 독신 노처녀는 세상천지에 홀로된 고아의 외로움과 서글픔을 깨달았다. "엄마! 안아줘. 날 좀 안아줘, 엄마!" 하고 조르던 늙은 아기였던 망령 난 어머니의 모습이 계속 떠올라 그녀를 괴롭혔다. 젊어서 남편과 사별하고 홀로 외동딸을 키우며 살아온 어머니는 한평생 얼마나 따스한 사랑과 위로의 품이 그리웠을까. 그 생각만 하면 가슴이 미어졌다. 꿈에서라도 어머니를 만나면 몸이 부서져라, 뜨겁게 안아드리고 싶었다. 그러나 웬일인지 어머니는 꿈에도 나타나지 않았다. 어머니 돌아가신 12월이면 선영은 회한에 젖어 어머니의 한을 풀어드리듯 거리에 피켓을 들고 나섰다.

오후가 되자 푸슬푸슬 눈이 내리기 시작했다. 첫
눈이다. 눈발이 점점 굵어진다. 철수할까, 하다가 선
영은 포근한 눈발이 좋아 한동안 서 있기로 한다. 눈
사람처럼 서 있고 싶다. 아까부터 초록색 우산을 들
고 야구 모자를 쓴 덩치 큰 한 남자가 주변을 어슬렁
거린다. 우산에 가려 얼굴이 잘 보이지 않는 남자가
성큼 다가와 선영을 껴안았다. 이 첫눈 내리는 날, 우
산을 쓰고 서성이던 이 덩치 큰 남자는 무슨 사연일
까. 선영이 습관처럼 남자의 등을 토닥였다. 남자는
제 우산을 눈을 맞고 있는 선영 쪽으로 받쳐주며 속
삭였다.

"여전하군."

선영은 소스라치게 놀라 남자를 쳐다보았다. 아,
그는…… 그는! 선영은 정신없이 그를 빠져나와 도망
쳤다. 그가 뭐라고 소리쳤다.

고생하며 딸을 키운 어머니는 늙어서는 선영의
짐이 되었다. 당연히 결혼은 생각도 할 수 없었다. 하
지만 선영에게도 비슷한 처지의 사랑하는 늙은 애인
이 있었다. 아내가 집을 나가 홀로 딸아이를 키우는
홀아비였다. 엄마 정이 그리웠던 딸아이도 그녀를 잘

따랐다. 그는 노처녀 선영과 결혼을 원했으나, 그녀는 그의 어린 딸과 치매를 앓는 어머니가 양어깨에 너무 무거웠다. '어머니만 돌아가시면'이란 토를 달며 버텼지만, 남자는 끝내 기다리지 못하고 다른 여자가 생겼다며 그녀를 떠났다. 어머니가 죽고 그가 가끔 생각나긴 했지만 그는 이미 떠난 남자였다. 그 남자를 여기서 만나다니! 아아, 이 꼴로 쪽팔리게……

하지만 며칠 동안 선영의 마음은 빈대떡처럼 여러 번 뒤집혔다. 정작 안아줘야 할 사람을 안아주지 못하면서 늙어가는 인생, 후회하면 무엇 하나. 인생 뭐 있어? 늙은 어머니를 안아주지 못했던 허전한 품에 그의 어린 딸을 대신 안아주면 어때. 그리고 이제는 그녀도 누군가의 따스한 품에 안기고 싶은 생각이 스멀스멀 들었다. 소리치던 그의 마지막 말이 자꾸 생각났기 때문이었다. "선영아, 미안해. 널 만나고 싶어서 몇 달 네 뒤를 몰래 따라다녔어. 도망가지 마, 선영아! 이제는 놓치지 않을 거야. 내가 너를 내 품에 평생 안아줄게!"

비행기와

Literature for Uber and Flights

택시를
위한 문학

－김사과

1984년 서울 출생. 2005년 창비신인소설상으로 등단. 소설집『02』
『더나쁜쪽으로』, 장편소설『미나』『풀이 눕는다』『나b책』『테러의 시』
『천국에서』『N.E.W.』, 산문집『설탕의 맛』『0이하의 날들』등이 있다.

이 엄청난 분노에도 불구하고 나는 여전히 철창 속의 한 마리 쥐.• 쥐, 아주 커다란 쥐새끼 한 마리.

도시에서 충분히 살아본바, 도시는 인간이 아닌 쥐를 위한 장소이다. 인간을 파묻어 쥐를 키우는 무덤이다. 하여 도시에서 충분히 살 만큼 멍청한 인간은 급기야 쥐가 되기로 결심하게 되는 것이다. 온통 화를 끌어안은 채, 하지만 여전히 창살 속에서 찍찍 댈 줄밖에 모르는, 커다랗게 웃자란 쥐새끼 한 마리

• 스매싱 펌킨스의 <Bullet with Butterfly Wings>의 가사를 인용함.

가 탄생하는 순간이다. 황금으로 도금된 번쩍이는 철창 속 가소로운 쥐 한 마리. 어쩔 줄 모르게 날뛰는 분노에도 불구하고 여전히 철창 속에 든 우스운 쥐 한 마리. 사람들은 이 모자란 쥐새끼들로 꽉 찬 황금 철창을 뉴욕이라 부른다.

이 처절한 도시는 최신식 수용소, 영원히 개선되는 환경의 실험실이다. 빌딩들이 반으로 꺾이고, 은행들이 파산한 뒤, 바스키아의 낙서 같은 그림을 찢고 나와 살아남은 무서운 생존자. 그 무서운 생존자에 대해 존경심을 표하지 않을 도리가 없다. 물론 그 도시를 경험한 쥐인간들에 한해서(나머지는 솔직히 아무 관심도 없다). 소위 지혜로 가득 찬 경험자들, 그 번쩍이는 철창에 갇혀버린 불쌍한 쥐새끼들 말이다. 바로 나, 새로운 실험을 기다리는 쥐새끼 1, 쥐새끼 2……, 3……, 4……, 11……, 202……. 도대체 무엇을 위해서 이 실험은 이어지는가?

물론 고통.

철창 속에서, 나, 쥐새끼 202는 무엇을 기다리는 걸까. 이 더러운 철창 속에서 도대체 무엇을?

물론 고통.

좀 더 많은. 좀 더, 좀 더, 좀 더, 좀 더…… 하여 쾌락! Pain and pain and pain and pain and pain then……. PLEASURE! 이것은 주문이다. 고통, 그리하여 쾌락! 쾌락! 고통 속 쾌락! 쾌락 속 고통! 쾌락 속 고통! 고통과…… 그리하여 쾌락! 고통과 쾌락, 그 둘은 같다. 그러니까 이 고통스러운 철창은 결과적으로 지고의 쾌락으로 가득한 천국인 것이다. 나는 모범적으로 사육된 쥐로서 이 황금 철창을 사랑한다. 이 고통을 사랑한다. 이 끔찍한 쾌락을. 수천 개의 촘촘한 바늘이 전신을 찌르는 가운데 살갗을 옥죄어오는 이 형용불가의 쾌락을 사랑한다. 아무렴, 여기는 뉴욕. 쥐새끼들을 위한 최상의 도시, 나 쥐새끼 202는 이 도시를 미치도록 사랑한다.

뉴욕 = 고통 = 쾌락

마법의 등식. 뉴욕은 마법, 마법에 걸린 사악한 공주, 고통과 쾌락을 넘나드는 지상 최고의 마법사. 고통 속 지고의 쾌락. 가차 없는 교환, 살벌한 즐거움, 모든 흑과 백을 다시 백과 흑으로 탈바꿈시키는 지상 최고의 꼼꼼한 마법사, 아무런 후회도 치욕도 없는 순수한 교환의 사신, 그 편리성, 영원한 게임, 그 살의로 가득한 자리 바꿈에 대해 이해해주십사 나는 독자들에게 간곡히 요청하는 바이다. 왜냐하면, 그 이해가 없이는 이 도시를 둘러싼 꿈과 야망, 정신 나간 광기의 환상의 논리를 도저히 파악할 길이 없기 때문이다. 오로지 움직이고, 뒤바뀌고, 순환하는 이 정신 나간 세계, 그 세계의 이야기는 오직 이동하는 택시와 비행기에서 진행된다. I AM THE LITERATURE FOR UBER AND FLIGHTS! For roads and skies! 길과 하늘! 흙과 공기! 신발과 눈동자! 신발과 눈동자!!! 창밖, 세계가 망해가는 혼란스러운 소음은 완벽하게 차단되는 가운데, 맥락 없이 지나치는 길—게 느려지고 가늘게 찢겨나가는 풍경, 그렇게 달려나가는 동안, 당신은 피와 살을, 영혼과 타액을 조금씩 잃어간다. 그것이 바로 교환이다. 오직 당신을 위한 윈-윈의 게

임이다. 당신은 현기증을 느낀다. 당신은 아주 기분 좋다. 당신은 땅과 흙의 세계를 떠나 구름과 먼지의 세계로 진입한다. 환영한다. 당신은 현실감을 잃는다. 당신은 완전히, 당신이 어디에 있는지 모른다. 당신은 당신이 어디에 있는지 흥미가 없다. 이제 당신은 현실감각을 잃는다(이것이다). 엄청나게 짜릿한 느낌(이것이 마법이다. 도시가 행하는 주술이다). 전기고문을 당하는 듯, 온몸의 혈관과 세포가 타들어가는, 이, 어, 엄청난 쾌락.

지금까지의 삶, 어린 시절의 행복감 따위, 모든 것이 지워지고 잊혀진다. 공장 초기화된 로봇 청소기처럼 산뜻하고 영문 모를 기분. (이 집은 대체 어디이고 내 바닥에 달린 가느다란 솔기들은 무엇을 의미하는지? 나를 바라보는 저 커다란 쥐새끼들은 도대체 무엇을 원하는 것인지?) 발밑으로 구름이 흘러가고, 시야는 안개로 덮여 있다. 당신은 더 이상 지구에 없다. 그렇다면 어디에 있는가?

아무 데도 없다. 당신은 이동 중이다.

1939년 즈음 미국 동부 깊숙이, 전쟁의 냄새 따위 증발된 어느 예쁜 동네, 스물아홉 살의 새댁이 있다. 어느 날, 그녀의 남편은 자신의 아내가 미쳤다고 결론 내리고 정신병원에 가둔다. 새댁은 정신병원에 갇힌 채 매일 전기 충격 테라피를 받는다. 자살은 불가능하다. 왜냐하면 꼼꼼한 간호사가 종일 지켜보니까. 새댁은 죽을 것 같다. 하지만 죽을 수 없다. 그녀는 전기 충격 테라피가 싫다. 그녀는 죽고 싶다. 불가능하다. 대신, 간호사가 주는 약이 있다. 그 약을 먹으면 졸리다. 의사는 히치콕 영화에 등장하는 좋은 사람 같다. 한마디로 믿을 수가 없다. 그녀는 조금씩 미쳐간다. 그녀는 마침내 전기 충격 테라피에 익숙해진다. 아니, 그렇다고 고백한다. 그녀는 이제 테라피를 받는 동안 졸기 시작한다. 자, 이제 본론으로 들어가죠. 의사가 중얼거리는 소리가 들린다. 꿈속에서? 무슨 뜻일까? 나의 오해일까? 알 수가 없다. 아무튼 이제 새댁은 더 이상 테라피를 받는 동안 졸 수가 없다. 스물아홉의 새댁, 테라피를 받지 않을 때도 테라피를 받는 기분이 든다. 잠을 잘 수가 없다. 아무것도 생각할 수가 없다. 그녀는 온종일 그저 전기 충격 테라피를 받는 기분이다. 전기 충격이 그녀의 현실이 된다. 그녀의 현실은 몽롱함, 날카로운 자극, 온몸을 찢는 듯한 고통, 불안감과 무기력증으로 구성되어 있다.

다시 2018년 우리의 현실로 돌아와서, 물론 우리가 누구인지 현실이 무엇인지 아무도 확답하지 못한 채, 이 세계는 더 이상 전기 충격 테라피가 필요 없다. 그것이 우리의 현실이니까. 우리가 우리를 잃어버리고 현실이 현실을 포기한 이 세계, 아니 이 도시가 그렇다는 말이다. 뉴욕이라는 지정학적 위치에 관한 이야기가 아니다. 이 도시는 존재하지 않는다(911테러가 홀로그램 효과였듯이). 아니, 이 도시는 사라진 지 오래다(CIA가 없애버렸다). 이 도시는 오직 택시와 비행기의 좌석 뒤쪽에 달린 조그마한 스크린 속에 존재한다. 유일하게 21세기에 발을 디딘 도시, 파산하고 꺾여버린 채, 애송이 깜둥이 새끼•가 예언한 대로 유일하게 21세기가 되어버린 도시. 스스로 새로운 시대가 되어버린 영광의 스타디움, 이 빽빽한 장소는 21세

• 장 미쉘 바스키아.

기 속으로 영원히 종적을 감추었다.

그 결과, 이 도시에 사는 인간들, 커다랗고 불쌍한 쥐새끼들이 되어버린 그들의 살과 뼈는 전기 충격에 다 녹아버렸다. 그들에게 남은 것은 뻣뻣한 살갗, 송 곳으로 난도질해도 피 한 방울 나지 않을 두껍고 무 딘 낯짝뿐. 오직 핸드폰 셀카를 위해 존재하는, 신기 한 표면으로 이루어진 생명체. 그것을 여전히 인간이 라고 부르는 자가 있다면 대단한 객기라고 생각한다.

그 멋진 것들의 세상, 용감하고 새로운 (비겁하고 진부한) 전쟁이 바로 내 눈앞에 펼쳐져 있다. 그 해괴 한 것들의 움직임, 행렬, 행진, 혹은 싸움, 섬망의 카니 발……. 나는 내가 들어 있는 표준 철창, 표준적인 승 객을 위한 표준적인 서비스, 다시 말해 Uber, 검은색 닛산SUV 안에서 모든 것을 지켜본다. 코팅 안 된 택 시 창, 대신 얼굴 표면적의 3분의 1을 덮은 선글라스, 큰 소리로 통화 중인 택시 기사의 거친 운전, 그야말 로 완벽한 위장 속에서 나는 훔쳐본다. 군데군데 펼쳐 진 소규모 전투들, 피로 흥건한 스테이크처럼 근사한 냄새를 풍기는 살덩어리들, 한 치의 오차도 없는 걸음들, 텔레파시로 진행되는 행진, 기이한 웃음과 찡그림, 크고 검고 횅한 선글라스 눈들……, 빌어먹을 교통 체증, 현기증, 군중들, 어지럼증, 사이렌 소리…….

마치 천국 같군.

다시 정신을 차려보면 발밑은 구름, 새파란 시야, 헤드폰에서 흘러나오는 것은 음악 대신 죽음. 2018, 2018, 2018! 마치 암호 같군! 기념비적인 해로다! 갑자기 오래된 기억이 떠오르는 이유는 무엇일까? 사진처럼 선명한 이 기억들은 대체 어디에서 온 것일까? 몰살된 귀족들과 아주 깜깜한 소리들, 기묘한 글자들……. 이 찢어질 듯 확대된 기억들은 대체 어디에서 온 걸까? 나는 내가 태어나기도 전에 죽어 있었다는 것을 깨닫는다. 하지만 그 깨달음은 그 죽음조차 만들어진 것이라는 깨달음에 이르지는 못한다. 그렇게 나는 유령이 된다. 만들어진 추억 속 촉촉한 빗길을 배회하는 서글픈 유령. 사로잡힌 채, 아직 연약한 살갗이 남아 있는 인간들을 찾아 떠도는. 완벽한 유령쥐의 탄생이다.

등신,

　　안심

　　　　　　　　-김성중

1975년 서울 출생. 2008년 중앙신인문학상으로 등단. 소설집 『개그맨』 『국경시장』, 중편소설 『이슬라』가 있다. 2018년 현대문학상을 수상했다.

그녀는 인생의 절반을 아이처럼 살아왔고 그 때문에 나머지 절반에 큰 영향을 미치게 될 실수를 저지르고 말았다. 결혼을 한 것이다.

그녀는 물정을 모르는 아이였으므로 결혼할 남자를 오로지 순간적인 사랑으로만, 낭만 100퍼센트의 요소로 선택했다. 낭만은 순진함, 또는 어리석음과 등가를 이룬다. 낭만에는 헤아리고 따져드는 요소가 전혀 없기 때문에 눈먼 상태와 다름없다. 신혼이 가시기도 전에 부부는 싸우기 시작했다. 사랑보다 증오가 자라는 속도가 빨랐고, 그들 사이에 태어난 아이가 자라는 속도는 더 빨랐다. 아이가 다섯 살이 되기

전에 그들의 인내심은 바닥이 나고 말았다.

오늘 아침 그들은 자주 가는 지옥을 또다시 방문했다. 전함을 몰고 와서 서로에게 대포를 쏘아버렸고, 적대적인 언어의 도끼를 던져 피를 흘렸다. 그녀는 화장실로 들어가 큰 소리로 울다가 재빨리 일거리를 챙겨 도망쳐버렸다.

바리케이드 뒤에서 붕대를 감는 사람처럼 그녀는 카페 화장실에서 운 자국이 분명한 얼굴을 가리기 위해 파운데이션으로 눈두덩을 누르고 모자를 푹 눌러 썼다. 뜨거운 커피를 목구멍으로 밀어 넣고 노트북을 펼쳐 철학자의 신간 소식 같은 것을 읽기 시작한다. 그녀는 필사적으로, 절박한 마음으로 소화가 되지 않는 어려운 개념들을 종이에 적기 시작한다.

지혈제. 이런 독서는 지혈제다. 상처와 고통으로부터 내면을 떼어놓고, 자신을 분리시키기 위한 수작이라는 것을 의식하면서 그녀는 책장을 넘긴다. 항상 성공하는 것은 아니지만 흥미로운 개념 한두 개가 천천히 뇌 속에 들어와 눈물을 말리기 시작한다. 두꺼운 책들이 불어오는 감정들. 지식이 아닌 감정들. 마음의 주름이 조금 펴지자 그녀는 인터넷으로 책을 두

권 사고, 내친김에 세일 폭이 큰 티셔츠 한 장도 산다. 이런 순간에 책과 옷을 사는 것은 일종의 제의라고 할 수 있다. 감정을 멈추고 물건으로, 실용과 허영의 세계로 잠시 달아나는 것이다.

다소 여유를 찾은 그녀는 가르치는 학생들의 습작을 읽기 시작한다. 일을 하는 느낌, 사무적인 활력이 펜 끝에서 기지개를 켠다. 그렇게 두어 시간이 지나가자 마침내 상처는 지혈되고, 스마트폰에 자꾸 눈이 가기 시작한다.

그녀는 남편에게 전화를 걸어 휴전을 청하고 그도 응한다. 오페라적이고 바로크적인 오전에 비하면 너무 간단한 화해. 싸우는 데는 만 가지 언어가 동원되지만 화해하는 데는 '미안해', '나도'라는 다섯 글자만 사용될 뿐이다. 그들은 피곤하다. 싸움의 긴장감을 유지할 에너지가 남아 있지 않다. 조용하고 건조한 오후와 밤을 원하기 때문에 '이쯤에서 물러서는' 외교 감각이 작동하는 것이다. 그녀는 조금 가벼워진 마음으로 책에 덤벼들 준비를 한다.

5분 후 그에게 다시 전화가 온다.

"잊지 마. 오늘 월요일이니까 어린이집 앞 아파

트 장터에서 파는 만 원에 일곱 장 든 돈가스 사 오는 거.”

“알았어. 이따 하원시킬 때 사 올게.”

“다른 종류는 섞지 말고 등심과 안심으로만.”

“응. 등심과 안심.”

그녀는 화해 무드를 돈독히 하기 위해 성의있게 답한다. 전화를 내려놓고 철학자의 메모 밑에 ‘등심, 안심’이라고 적는다. 펜 뚜껑을 닫지 않은 탓인지 획 하나를 제대로 긋지 못한 탓에 종이에는 ‘등신, 안심’이라는 글자가 적힌다.

자기가 쓴 글자를 가만히 내려다보다 그녀는 힘없는 웃음을 터뜨린다. 등신, 안심. 그와 나는 둘도 없는 상등신들이고 우리는 화해가 이루어져 안심하고 있구나. 이것은 등신들이 안심하는 이야기구나. 동시에 최승자의 시가 머릿속에서 울려 퍼진다.

그대가 아무리 나를 사랑한다 해도 / 혹은 내가 아무리 그대를 사랑한다 해도 / 나는 오늘의 닭고기를 씹어야 하고 / 나는 오늘의 눈물을 삼켜야 한다 / (중략) 모든 것은 콘크리트 벽이다

만 원에 일곱 장 하는 돈가스는 '가정의 평화'라는 성찬식 풍경을 완성하며 저녁 식사로 준비될 것이다. 그들은 서로에 대한 미움을 감춘 채, 가엾고 무해한 자기 딸의 평화에 금이 가지 않도록 고기를 질겅질겅 씹을 것이다. 이것이 비극보다 오래가는 시트콤의 힘이라고, 나 자신의 인생이라고 그녀는 생각한다. 얼마나 산문적인가.

'……하지만 두 사람의 마음에 남아 있는, 절망이라는 유리는 조금씩 두꺼워진다. 유리는 두꺼워질수록 불투명해지고 차가워질 것이다. 서로에 대한 실망을 확인하는 것 외에 발견되는 삶의 열정이라고는 없는 그들은 남매처럼 닮아 있다.'

문장의 주어가 어느새 '나'에서 '그들'이라는 삼인칭으로 바뀌어 있다. 그녀는 오늘의 메모를 글로 옮길 준비가 다 되었고 그렇기 때문에 이 모든 우스꽝스러움을, 유치함을, 자신을 포함한 통속의 세계를 용서한다, 용서한다.

비 둘 기   여 자

-김숨

1974년 울산 출생. 1997년 《대전일보》, 1998년 《문학동네》로 등단. 소설집 『간과 쓸개』『국수』『당신의 신』『나는 염소가 처음이야』, 장편소설 『철』『바느질하는 여자』『L의 운동화』『한 명』『흐르는 편지』『군인이 천사가 되기를 바란 적 있는가』『숭고함은 나를 들여다보는 거야』 등이 있다. 2013년 현대문학상, 2013년 대산문학상, 2015년 이상문학상, 2017년 동리문학상을 수상했다.

과태료 고지서가 날아든 것은 남편이 떠난 지 한 달쯤 지나서였다. 그것은 카드 명세서와 도시가스 고지서, 전단지 등과 함께 우편함 속에 들어 있었다.

"당신은 이동 수數와 거리가 먼 사람이래요."

베트남행을 결심한 남편은 그녀의 말을 귓등으로도 들으려 하지 않았다. 베트남에서 고무장갑 공장을 한다는 지인으로부터 연락이 온 것은, 남편이 실업자로 지낸 지 1년이 다 되어갈 때였다. 물러터진 남편에게 공장장 자리를 맡기겠다는 지인의 말이 그녀는 못 미더웠다. 남편이 솔깃해하는 눈치이자 1, 2천만 원 투자를 권유해온 것이 아무래도 미심쩍었다.

"이동 수가 재물이든, 재능이든 손실을 가져올 거라고 했다니까요."

10년도 더 전, 그녀는 사촌 언니를 따라 철학관에 갔다 남편 사주를 보았다.

"더구나 서쪽은 퇴식退食방이라지 뭐예요."

솔직히 동서남북 중 어느 쪽이었는지 가물가물했지만, 그녀는 어쩐지 서쪽이었을 것만 같았다.

"퇴식?"

"퇴식이 뭐겠어요. 물러날 퇴退, 쉴 식息. 그러니 퇴식방은 물러나야 할 방향이라는 뜻 아니겠어요."

"내 주제에 물러날 방향이나 있나……."

남편이 기어이 퇴식방으로 날아가던 날, 그녀가 살고 있는 도시 곳곳에서는 비둘기들이 날았다.

퇴식방으로 날아가기 며칠 전 남편은 그녀에게 이 도시에서 비둘기가 유해 동물로 지정되었다는 소식을 전했다.

"누가 공원이나 거리에서 살아 있는 비둘기를 불태워도 경찰에 신고할 수 없게 되었지 뭐야."

"어머나, 끔찍해라!"

"당신도 참, 말이 그렇다는 거지. 또 모르지, 어떤 미친 인간이 정말로 그런 짓을 할지도."

"음, 이 도시에 비둘기가 쓸데없이 많기는 해요."

그날 저녁 우편함을 살피던 그녀는 화들짝 놀랐다. 비둘기가 우편함에 부리를 처박고 있었다. 가까이 다가가 들여다보니 그것은 둘둘 말린 마트 전단지였다.

설거지를 하는데 고무장갑이 찢기며 물이 스며들었다. 그녀는 바늘에 찔린 것 같은 통증을 느꼈다.

물…… 바늘…….

물바늘…… 중얼거리는 그녀의 뒤에서 어른도, 아이의 것도 아닌 목소리가 들려왔다.

"저만 잠바가 없어요."

그녀는 고개를 들어 뒤를 돌아보았다. 아들이 불만 가득한 눈빛으로 그녀를 바라보고 있었다. 고등학교 2학년인 아들은 그녀보다 머리 하나는 더 컸다.

"네가 입은 건 잠바가 아니고 뭐라니?"

그녀는 아들이 입고 있는 검은색 잠바에 짜증 섞인 눈길을 주었다.

"이 잠바 말고요."

"네 아버지가 통 연락이 없구나."

베트남으로 떠난 남편은 그곳에 도착한 날 이후로 아무 소식도 전해오지 않고 있었다. 딱히 전할 소식이 없어서인지, 그럴 여유가 없어서인지, 아니면 연락 못할 사정이 있어서인지 그녀로서는 알 길이 없었다. 지인이 공장장 자리를 제안하면서 슬그머니 요구해온 투자금을 남편은 퇴직금으로 충당했다.

"이 도시에서 비둘기가 유해 동물로 지정된 건 알고 있니?"

"잠바, 사주실 거지요?"

"빚을 내서 잠바를 사달라는 소리니?"

"네, 빚이라도 내서 사주세요."

"그나저나 어떤 미친 인간이 화형식을 치르듯 살아 있는 비둘기를 불태워도 경찰에 신고할 수 없게 되었지 뭐니."

"저보다 엄마가 더 잘 아시겠지만."

"뭘 말이니?"

"엄마도 참, 제가 이 세상에 하나밖에 없는 엄마 자식이라는 것 말이에요."

비둘기가 유해 동물로 지정된 사실을 대부분의 사람들이 모른다는 걸 그녀가 깨달은 날, 아들은 자정이 가깝도록 집에 돌아오지 않았다.

거실에서 아들을 기다리던 그녀는 아들 방으로 갔다. 침대 위에 펼쳐놓은 잠바를 바라보았다. 그날 오후 그녀는 시내에 다녀왔다. 과태료를 내려던 돈으로 그 잠바를 샀다. 잠바 옆구리 쪽 삐져나온 깃털 하나가 그녀를 보고는 유혹하듯 춤을 추었다. 비둘기가 딸려 나오는 상상을 하며 깃털을 잡아 뽑는데 아들이 불쑥 방으로 들어왔다. 그녀는 비둘기를 날려 보내는 심정으로 아들을 향해 깃털을 날렸다.

마침내 남편에게서 전화가 걸려온 것은 그로부터 열흘도 더 지나서였다. 그녀는 정류장에서 버스를 기다리다 휴대전화로 걸려온 전화를 받았다. 정류장에는 대여섯 명의 사람이 버스를 기다리고 있었다.

"당신 혹시 불법 주차 한 적 있어요?"

무슨 말인지 못 알아들을 만큼 남편의 목소리는 뚝뚝 끊겼다.

"주정차 위반 과태료 고지서가 날아왔지 뭐예

요…… 글쎄 과태료 고지서가 당신 앞으로 날아왔다니까요…… 잘 생각해봐요…….” 그녀의 목소리는 점점 신경질적으로 변해갔다. “불법 주차도 안 했는데 과태료가 날아올 리 있어요?”

전화가 끊긴 것도 모르고 다그치는 그녀의 발밑으로 회색 비둘기가 날아들었다. 비둘기는 머리를 끄덕끄덕 흔들며, 마른 토사물을 부리로 쪼아 먹기 시작했다. 신경이 한껏 곤두선 그녀는 자신도 모르게 단화 신은 발을 번쩍 들어 비둘기를 향해 휘둘렀다.

“아줌마, 왜 아무 죄도 없는 비둘기를 괴롭히고 그래요?”

검은 뿔테 안경을 쓴, 늙수그레하고 꾀죄죄한 남자가 그녀를 쏘아보고 있었다.

“아저씨, 비둘기가 유해 동물로 지정된 건 알고 계세요?” 그녀는 남자에게 물었다.

정류장에 모여 있던 사람들의 시선이 그녀에게 쏠렸다.

“내가 저 비둘기의 날개에 불을 질러도 죄가 되지 않는다구요.”

“뭐요?”

"아무 죄가 되지 않는다구요."

"아, 그래요? 그럼 어디 붙여보세요."

남자가 쥐색 잠바 주머니에서 일회용 라이터를 꺼내더니 그녀에게 내밀었다.

"자, 어서요."

남자는 그녀의 얼굴에 대고 라이터 불꽃을 피워보였다. 마침 145번 버스가 정류장에 섰다.

"아, 버스가 왔어요!"

그녀는 버스를 향해 손을 흔들며 소리쳤다. 남자가 버스를 돌아다보았다.

"아저씨가 타고 갈 버스가 왔어요!"

앞문을 활짝 연 버스에는 아무도 오르지 않고 있었다.

"저게 내가 타고 갈 버스라고요?" 남자가 물었다.

"어쩌나, 버스가 떠나려고 하잖아요!"

"저 버스가 정말 내가 타고 갈 버스란 말이에요?"

"아아, 버스가 떠나버리겠어요."

당황한 남자가 라이터를 내던지더니 막 닫히려는 버스 앞문으로 뛰어들었다. 남자의 잠바 앞자락이 앞문에 끼었지만 버스는 그대로 정류장을 떠났다.

그녀는 남자가 길바닥에 떨어뜨리고 간 라이터를 집어 들었다. 날아가버린 걸 모르고 비둘기를 찾아 두리번거리던 그녀는 대학생처럼 보이는 여자와 눈이 마주쳤다.

"비둘기는 어째서 철새가 못 되었을까요?"

"네?"

"그럼 덜 혐오스러웠을 텐데 말이에요. 아, 비둘기는 어쩌면 이동 수를 타고나지 못한 유일한 새인지도 모르겠⋯⋯."

말끝을 흐리는 그녀의 눈동자가 초점을 잃고 흔들렸다. 16년 전 친구 소개로 남편을 처음 만난 날이 불현듯 떠올라서였다. 소개팅 장소인 경양식 식당에서 오믈렛을 먹다 말고 남편은 그녀에게 말했다.

"한 마리 사랑스러운 비둘기 같다고 했어요."

"네?"

"비둘기요, 비둘기⋯⋯."

그때 잿빛 비둘기가 환생하듯 그녀의 발 앞으로 다시 날아들었다. 비둘기는 조금 전보다 더 경쾌하게 머리를 끄덕끄덕 흔들며 마른 토사물을 처음부터 다시 쪼아 먹기 시작했다.

쌀 ————— 배 달

-김종광

1971년 충남 보령 출생. 1998년 《문학동네》로 등단. 소설집『경찰서여, 안녕』『모내기 블루스』『낙서문학사』『처음의 아해들』『놀러 가자고요』, 중편소설『71년생 다인이』『죽음의 한일전』, 장편소설『야살쟁이록』『율려낙원국』『군대 이야기』『첫경험』『왕자 이우』『똥개 행진곡』『별의별』『조선통신사』, 산문집『사람을 공부하고 너를 생각한다』『웃어라, 내 얼굴』등이 있다. 2001년 신동엽문학상과 2008년 제비꽃서민소설상을 수상했다.

언젠가 아내가 실없는 수수께끼를 냈다.

다음은 책 제목의 앞 글자 열거다. 재테크의, 월세의, 나는 마음씨 좋은, 색깔의, 투자의, 바느질의, 친환경 살림의, 다이어트의, 소각의, 피겨의, 공부방의, 미소의, 반찬의, 토크쇼의, 골프의, 키스의, 추리의, 내집 마련의, 별미의, 대화의, 매듭의, 여행의, 부엌의, 집밥의, 급매물의, 육아의, 300만 원 소자본 창업의, 쉬는 시간의, 쇼핑의, 역전의, 반칙의, 청소의, 돈의, 게임의, 주식의, 정리의, 잠의……

공통으로 빠진 끝 두 글자는?

처음엔 다소 어려운 문제인 줄 알았다. '피겨의'에

서 감을 잡았고, '골프의'에서 확신했고, '추리의'에서 지루해졌다.

"나를 파충류의 뇌간으로 보는 경향이 있어."

"세상에 여왕이 그렇게나 많은데, 난 뭐니?"

"당신도 우리 집에서는 여왕이잖아?"

"지지리 궁상의 여왕?"

"여왕 너무 부러워 마. 우리나라 사람들 여왕 좋아하는 것부터가 민주 의식이 없는 거야. 때가 어느 땐데 왕조주의에 젖어서 툭하면 여왕이래. 그러니까 박씨 여왕을 뽑았지."

"나도 여왕 할래! 앞으로 무능력의 여왕이라고 불러줘."

그날 나는 '무능력의 여왕'에게 이실직고했다.

"여보, 나, 사고 쳤어."

"얼마나 긁었는데? 이 한심한 남자야! 관리비가 두 달이나 밀렸어."

"카드 긁은 거 아니고, 자원봉사회에 가입했어."

"자원 뭐?"

"자원봉사! 불우한 이웃 돕는 거 말야."

"우리가 봉사할 형편이에요?"

아내는 화가 나면 높임말을 썼다.

"먹고는 살잖아."

"먹고만 살지요. 우리도 조금만 삐끗하면 바로 봉사 받아야 한다고요."

"화부터 내지 말고 내 얘기 좀 들어봐. 어제 마트 세 개 하는 임 선배님을 뵈었잖아. 그분이 30년째 봉사를 하고 계셔. 우리 고장에서 으뜸 오래되고 으뜸 봉사한다는 무슨 적십자회라고 있어. 선배님이 어제 신임 회장님이 되셨어. 회장님 된 기념으로 나를 공짜로 가입시켜 줬어. 원래는 월 회비가 6만 원이야. 봉사는 두 가지가 있대. 몸봉사, 돈봉사. 몸봉사는 회비는 밥값 정도만 내고 주말마다 몸으로 때운대. 우리도 텔레비전에서 많이 봤잖아. 그 훌륭한 분들. 양로원, 보육원 찾아다니면서 밥해주고 청소해주고 빨래해주고 그런 분들. 근데 선배네 봉사회는 돈봉사라 돈으로 때운대."

"한 달에 6만 원? 미쳤구나."

"공짜라고 했잖아!"

"세상에 공짜가 어딨어?"

"선배가 1년 동안 내주겠대. 그다음부터 내 돈 내래. 그만둬도 뭐라고 않겠대. 사실 우리가 너무 남을 안 돕고 살아왔잖아."

"도울 형편이 돼야 돕지!"

"치사한 얘기지만 봉사회에 가입하면 이득이 참 많겠더라. 무슨 봉사 점수 같은 게 있대. 그 점수가 축적되면 적십자병원에 가서 우대받을 수 있고 각종 공제 혜택도 있고 특히 자식한테 좋대. 애들 요새 학생부 전형이니 뭐니 해서 봉사 엄청 해야 하잖아. 애들 봉사 점수 걱정 없다는 거지. 부모 점수를 자식한테 나눠줄 수도 있다네. 휴대폰 데이터 선물하기처럼. 그게 아니더라도 봉사 점수 많이 주는 데로 꽂아 넣을 수도 있으니까. 또 그 봉사회가 말하자면 지역 유지 모임이더라. 우리 고장에서 행세깨나 하는 사람은 다 모였어. 의사, 변호사, 교장, 교수…… 그 밖에는 다 회장 아니면 사장이더라. 눈 호강 실컷 했어. 내가 지금은 비록 이 모양 이 꼴이지만 나중에 잘되면 지역 사회에서 무슨 역할을 해야 할지도 모르잖아. 미리 유지들과 교분을 쌓아두면 좋을 것도 같고……"

"철없는 서방님! 풀짐승이면 풀 뜯어 먹고 살아요.

하지 마! 공짜가 어딨어요? 다 빚이야, 빚. 말씀은 고마운데 마누라가 죽어도 안 된다고 전해!"

"이미 했는걸. 어제가 봉사회 모임 날이었어. 가입식 선서까지 하고 왔어."

"이혼해요!"

선배는 돈만 내고 아무런 활동도 하지 않는 것처럼 말했지만, 어느 정도는 했다. 자애원 아이들이랑 놀아주었고, 요양원에서 노인들 생일잔치를 해주었고, 장애인자활공장을 찾아가 위로인지 격려인지를 했고…….

한 달 만에 또 이실직고할 사달이 났다.

"여보 어떡하지? 나 또 사고 쳤어."

"봉사하다 돈 많은 유부녀하고 바람났나요? 잘했군. 잘했어!"

"나 쌀 배달한다고 했어. 다섯 집이나. 쌀 포대를 나눠주면 되는데 그 집들이 복잡동에 있대. 복잡동이 어디야?"

"운전도 못하면서 쌀 배달을 한다고 했다고?"

"버스 타고 다녀야지."

"그냥 도와달라고 해!"

우리는 임 선배가 운영하는 마트에 가서 5킬로그램짜리 쌀 다섯 포대와 생활필수품 다섯 꾸러미를 받았다.

임 선배가 치하했다.

"아휴, 저것이 운전도 못해서 제수씨까지 봉사 나서셨네. 이왕 나서셨으니 열심히 해주셔요."

아내가 문득 청했다.

"선배님, 저 마트에 취직시켜 주시면 안 돼요?"

"우리 마트엔 제수씨가 할 일이 없는데……."

"계산원이라도……."

"대학 나온 사람이 무슨 계산원에요? 사무실 일을 찾아봐야지."

"요새 대학 나온 게 무슨 상관이에요. 제 친구는 감자탕집에서 그릇 날라요."

복잡동으로 가면서, 나는 진심이냐고 물었다.

"그럼 안 진심이겠어요?"

아내가 버럭 반문했다.

대로에서도 내비게이션 말을 잘 못 알아듣는 아내는, 복잡동에서 뱅뱅 돌았다. 툭하면 일방통행로였다. 비켜주기 난감한 좁은 길 천지였다.

"21세기에 아직도 이런 데가 있었네."

"서울 한옥 있는 데가 어디야? 북촌인가? 여기 복잡동이 우리 고장 북촌이라고 생각하면 돼."

"여보, 운전하느라 엄청 화났을 텐데 비교적 말투가 곱네."

"내가 어릴 때 살던 곳이라 그런다."

복잡동에 도착한 지 30분 만에 첫 번째 집을 찾았다. 집 안에서 개가 몹시 짖어댔다. 부르고 두드렸지만 응답이 없었다. 서류에 '청각장애 심함'이라고 적혀 있었다. 대문을 밀었더니 열렸다. 좁은 마당에서 개를 두려워하며 한참을 불러도 대답이 없었다. 나중에 다시 올 수는 없었다. 마루에 쌀 포대와 생필품을 올려놓고, 메모를 남기느니 마느니 옥신각신했다.

저쪽 헛간 같은 데서 쌩쌩한 노인이 나왔다. 그분이 "쌀 가져오셨구먼. 여봐 방 씨, 쌀 가져왔어! 자기는 복 받았어. 때때로 쌀도 갖다주고. 나도 똑같이 어려운데 난 왜 안 도와주냐고. 사람 차별하고 아주 개 같은 것들이여!" 구시렁대며 마루로 올라가 안방 문을 획 열었다. 초췌한 할아버지가 기어 나와서 "잘 안 들려…… 내가 잘 안 들려…… 고마워요, 고마워!" 했다.

다시 15분 만에 찾은 두 번째 집은 뜻밖에도 빌라로 나와 있었다. 지하 1층 현관 앞에 폐지 더미가 쌓여 있었다. 문이 열리자 무지막지한 냄새가 덮쳐왔다. 10평쯤 될까, 지하 방은 쓰레기장이나 다름없었다. 할머니는 병색이 완연했다.

또 20분 만에 찾은 세 번째 집은 단독 가옥이었는데, 외양은 하우스 집같이 허름했지만 내부는 깨끗하고 넓었다. 할머니는 귀티가 흘렀다. 쌀 안 받아도 사는 데 아무 지장이 없어 보였다.

5분 만에 찾은 네 번째 집 단독 가옥의 할아버지는 거의 장님이었고, 10분 만에 찾은 다섯 번째 집 할머니는 거의 앉은뱅이였다.

문제는 다음 달부터 발생했다. 한 달에 두 번 하는 쌀 배달인데, 주말마다 내게 일거리가 생겼다. 봉사회 회원도 아닌 아내가 전담하게 된 것이다. 배달도 배달이지만 그 불우한 노인들이 무사히 지내시는지 중병에라도 걸린 것은 아닌지 확인해야 했다.

아내는 단호한 구석이 있었다.

"귀티 흐르는 할머니는 안 받으셔도 돼. 그랜저 끌

고 다니는 자식도 있더만. 임 선배님한테 지원 대상에서 제외해달라고 말씀드렸어."

아내는 귀 어두운 할아버지를 무서워했다.

"그 집은 정말 안 갔으면 좋겠어. 개도 무섭고, 그 할아버지랑 같은 집 사는 건강한 할아버지 눈빛이 영……."

아내는 괜히 나서서 큰 수고를 치르기도 했다.

"그 노숙자 같은 빌라 지하 할머니 있잖아. 완전 병 나서 꼼짝도 못 하고 누워 계시더라고. 약도 안 먹었다면서 폐지 주워야 담배라도 피우는데 큰일이라고 골골거리데. 감기 몸살 약만 사다 주고 나오려고 했는데, 그냥 나올 수가 있어야지. 죽만 쒀드리고 나온다는 게 1년 묵은 설거지까지 해주고 왔네. 청소는 도저히 못 하겠어서 도망쳐 왔어. 그 집 냄새 옷에 다 뱄나 봐. 나한테 노숙자 냄새 엄청 나지? 이상하네. 텔레비전 보면 동사무소 공무원이나 자원봉사자들이 그런 집 단체 방문해서 환골탈태시켜 주잖아? 왜 그 할머니한테는 안 가는 거지? 임 선배님께 여쭤봤는데 잘 모르시던데. 너무 안되셨어."

1년이 흘렀고, 나는 월에 6만 원씩 내고 봉사할 엄

두를 낼 수 없었다. 아내는 억지춘향이 봉사 활동을
끝낼 수 있었다.

　아내가 총평했다.

　"진정 봉사하고 사시는 분들이 얼마나 훌륭하신
분들인지 깨달았어. 우리 같은 범인은 범접 못 할 성
인들이셔."

그
　리
　　고

　　나

　　　　　-박민정

1985년 서울 출생. 2009년 《작가세계》로 등단. 소설집 『유령이 신체를 얻을 때』 『아내들의 학교』, 장편소설 『미스 플라이트』가 있다.

소망보육원 아이들은 한바탕 불려 나가 손님을 맞곤 했다. 강보 속에서부터 손님을 맞던 아이들이었다. 정은도 그랬다. 언젠가 고급 세단을 몰고 온 부부는 아이들이 모인 앞에서 말했다.

"영어로 자기소개 할 줄 아는 아이가 있니?"

아이들은 갸우뚱했다. 여태껏 그건 외국 사람들이 왔을 때나 하던 짓이었다. 통역을 대동하고 앉은 외국인들이 손가락으로 한 명씩 지목하면 그때 일어나서 떠듬떠듬 지껄이는 게 영어란 거였다. 아이들은 외국이라면 미국밖에 몰랐다. 정은도 외국인은 전부 미국인인 줄 알았다. 아이들은 '미국 사람들' 오는 날에 대비해 영어를 공부했다. 그중 유독 열심히 공부하는 아이들이 있었다. 그 애들은 자기가 좀 설명을 해보겠다고 설치며 아이들을 모아놓고 엉터리 영작문을 판서하고는 했다.

난 미국에 가고 싶어. 공주 같은 잠옷을 입고 예쁜 침대에 누워 있으면 엄마가 잠들 때까지 책을 읽어주고 이마에 입 맞춰주고. 텔레비전에 나오는 것처럼.

정은은 그런 말을 기억했다. 하루에 한 번 텔레비전을 볼 수 있는 기회가 있었다. 아이들은 저녁밥을 먹고 나면 모여 앉아 40분 동안 드라마를 봤다. 채널을 선택할 수 있는 호사까지는 누리지 못해 모두 똑같은 걸 봐야만 했다. 당시에 유행하던 어린이용 외화 드라마에서는 그런 장면을 자주 연출했다. 온갖 인형과 장난감들, 작은 미끄럼틀이 있고 그네까지 걸려 있는 호화로운 방에서 분홍 천으로 만든 헤어캡을 쓴 소녀가 제 엄마의 자장가를 들으며 잠드는 따위의 장면. 아이들은 그것이 자신들의 가까운 미래라도 되는 것처럼 와아 입을 벌리며 드라마를 시청했다. 보육원에서 길러지는 여자애들의 환상에 걸맞은 장치를 의식하기라도 한 양, 그런 장면은 매일같이 나왔다.

그러나 자막이 올라가면 곧장 돌아가야 하는 곳은 몸을 뒤척이며 잔다는 것도 사치인 좁아터진 공동침상이었다. 자장가는커녕, 보모 아주머니와 고등학생 언니들의 고함을 들으며 숨죽여야 했다. 아이들은 국방색 담요를 뒤집어쓰고 언젠가 분홍 레이스 캐노피가 달린 침대에서 잠들 날을 꿈꿨다.

소망보육원에는 외국인들이 자주 찾아왔다. 나를 저 인형 가득한 방으로 데려가줄 사람들. 대부분 겁도 없이 그렇게 생각했다. 아이들 대부분 그들에게 입양되어 가는 친구들을 부러워했다. 입양이 결정된 아이들은 보육원에서의 마지막 날, 의식처럼 머리카락을 잘랐다. 보모 아주머니의 이발 실력은 형편없었다. 그토록 많은 아이의 머리카락에 손대봤을 거였지만 나아지지 않았다. 언제나 면도칼로 아이들의 머리카락을 들쭉날쭉 함부로 잘라놓곤 했다. 다소곳하게 보자기를 목에 맨 아이들은 보모 아주머니가 결딴낸 머리카락을 본 개들이 방방 뛰어다니는 마당에서 눈물을 흘렸다. 그건 뭔가에 도취한 모습처럼 보이기도 했다. 이제 마지막이야. 안녕, 소망보육원과 너희 개들. 난 미국으로 가. 목에 맨 이발용 보자기가 곧 소공

녀의 망토로 변신할 날을 상상하는 아이들도 간혹 있었다.

정은은 당시 일곱 살밖에 안 되기도 했지만 그런 것에는 일절 관심이 없었다. 설치는 아이 중 하나가 정은의 팔을 잡아끌며 같이 영어 공부를 하러 가자고 해도 뿌리치곤 했다. 오히려 정은은 뭔가를 닮고자 하는 아이들이 무서웠다. 텔레비전을 통해 보이는 모습은 정은에게 다만 환상이었다. 현실과 화해할 수 없는 아이들은 환상을 탐했지만, 정은은 그것이 자신의 현실이 될 수 없다는 걸 슬퍼하지 않았다. 더 정확하게는, 정은에게 환상은 결코 현실이 되어서는 안 되는 끔찍한 것이었다.

정은은 국방색 담요가 깔린 공동 침상의 풍경이 온전하게 계속되길 바랐다.

이른 새벽 눈을 뜰 때마다 정은은 두려웠다. 정은은 늘 새삼 놀라며 자신의 작고 말랑말랑한 팔다리를 만져보았다. 그럴 때마다 이건 담요나 베개처럼 고작 물질일 뿐이라는 분명한 느낌이 들었다. 자신의 육체 정도야 언젠가는 순식간에 사라져버릴 것만 같았다. 정은은 늘 아이들 가운데 가장 먼저 깨어났다. 깨어나자마자 보는 것은 자신의 얼굴이었다. 정은은 부주의하게 반쯤 열린 문틈으로 자신을 지켜보는 자신의 얼굴을 목격하면 눈을 질끈 감아버렸다. 분신이 나타난 것이 어느 날부터인지 정확하게 기억나지 않았다. 정은은 곧 사라져버릴 것 같은 조그마한 몸을 만져보면서 생각하곤 했다. 나는 누구일까, 어디에서 왔을까. 정은에게는 자신의 근원을 짐작해볼 수 있는 대체 세계가 처음부터 없었다. 아이들과 어울려 놀지 않고 그런 생각에 열중한 데 내려진 벌처럼 어느 날 자신이 나타난 것이었다.

"이게 미국 인형이래. 정말 예쁘지 않니?"

아이들은 외국이라면 미국밖에 없는 줄 알았지만 사실 인형의 출처는 프랑스였다. 한 달 전 프랑스 가정에 입양된 아이가 보육원으로 인형을 한 아름 보낸 것이었다. 군데군데 박음질이 터진 못생긴 곰돌이 봉제 인형밖에 모르던 아이들은 소리를 질렀다.

"우와. 진짜 아기같이 생겼어!"

정은은 물 건너온 인형들을 보고 다른 의미로 소스라치게 놀랐다. 그건 정말 사람과 똑같이 생긴 것이었다. 얼추 눈 코 입을 그려놓은 싸구려 관절 인형들과 차원이 달랐다. 이마와 볼, 턱의 혈색이 조금씩 달랐고 머리카락도 부드러워 손가락에 착 감겨들었다. 말랑말랑한 볼을 꾹 누르면 눈을 깜빡이며 입술을 벌렸다. 벌린 입 안에 하얗고 조그만 앞니까지 두 개 달린 것을 보고 정은은 경악했다. 아이들은 헤어 캡을 쓴 아기 인형을 달래준답시고 품에 안아 자장자장 노래를 부르는가 하면, 젖을 준다고 앞가슴을 풀어 헤치는 등 엄마 놀이에 정신이 팔려 있었다.

정은은 그 인형들이 무서웠다. 정교하게 만들어져 사람의 아기인 듯 보이는 형상이 익숙하고도 낯설었다. 정은에게는 그런 감정조차도 익숙하고도 낯선 것이었다. 간혹 나타나는 분신으로부터 느낀 감정이었으므로.

아이들은 그것이 정말 아기라도 되는 것처럼, 소중하게 대했다. 그때껏 인형 놀이를 하면서 아이들이 명확하게 구분해내던 삶과 죽음의 지점이 무너졌다. 인형은 사람을 흉내내고 있지만 무생물임이 분명한 형상이었다. 아이들은 함부로 걷어차고 쥐어뜯으면서 그것이 다만 인형일 뿐이라는 걸 확인했었다. 그런 아이들이 미국 인형에는 좀처럼 그러지 못했다. 정은은 공동 침상에 끼어들어 제 몫의 자리를 더 좁게 만들기만 한 인형들을 피해서 살금살금 걸어 다녔다.

그날도 아이들은 한데 모여 앉아 인형의 몇 줌 없는 머리카락을 빗기며 놀았다. 정은은 마당 한구석에 쪼그리고 앉아 있었다. 방방 뛰어다니는 개들이 무서웠지만 달리 갈 곳이 없었다. 나는 왜 다른 애들처럼 안 될까. 정은은 생각하고 있었다. 인형도 개도 무서워하는 자신이 등신같이 느껴졌다. 고아 주제에 뭐 이렇게 무서운 게 많아. 그건 고등학생 언니들이 정은을 꾸짖으며 늘 하던 말이기도 했다. 여윈 나뭇가지로 땅바닥을 하염없이 긁고 있던 정은의 눈에 낡은 모카신 한 켤레가 보였다. 보모 아주머니였다. 그녀는 미소를 짓고 있었다. 정은은 의아했다. 수많은 아이를 돌보며 보육원의 잡다한 살림을 도맡았던 그녀는 성마른 여인이었다. 어지간해서 아이들에게 웃어주는 일이 없었다. 그런 그녀가 자신을, 답답하다고 유독 구박해온 정은을 웃으며 내려다보고 있었다.

"얼른 일어나 따라오너라."
보모 아주머니는 정은의 목에 보자기를 동여맸다.

아이들은 무던하게 보모 아주머니의 면도칼에 머리카락을 내맡기곤 했다. 하지만 정은은 단 한 번도 그런 적이 없었다. 아이들에게 뭐든 양보했고 좀처럼 떼쓰는 일이 없었던 정은의 유일한 반항이었다. 정은은 머리카락을 자르자고 하면 얼굴이 퉁퉁 붓도록 울어대기만 했다. 꾸짖고 달래던 보모 아주머니도 머리카락은 포기한 지 오래였다. 그런데 마치 당연하다는 듯 보모 아주머니는 정은의 목에 보자기를 두르고 있었다. 정은은 어안이 벙벙해 가만히 그녀를 쳐다봤다.

"너도 오늘만큼은 얌전하구나. 그래. 다 잘라내버리고, 새 부모님과 함께 새로 시작하는 거야. 그 나라에 가면 좋은 구경거리도 많을 거란다."

정은은 그게 무슨 말인지 몰랐다.

"정은이 네가 꼭 인형처럼 예쁘게 생겼다고 그러시더라. 사랑받는 아이가 될 거야. 모두 다 잊어버려라. 네가 고아였다는 사실까지도."

정은은 누군가 모르는 새에 보모 아주머니의 면도칼 밑으로 자신을 떠밀어다 놓은 것은 아닐까, 생각했다. 아이들은 전부 이런 식으로 보내진 걸까? 정은은 언젠가 텔레비전에서 본 컨베이어 벨트를 떠올렸다. 기다란 컨베이어 벨트에 놓인 인형처럼 순서대로 하나씩 바구니에 떨어졌던 걸까? 이제 내 순서인 걸까? 정은의 머릿속에 의문부호가 가득했다. 그러나 누구에게 물어야 하는지 알 수 없었다. 정은은 자기도 모르는 사이에 입양이 되었다는 사실을 이해할 수 없었다. 정은은 뚝뚝 떨어지는 머리카락을 보며 내내 눈물만 흘리다 용기를 내서 물었다.

"저, 보모 아주머니. 제가 가는 곳은 미국이에요?"

"어이구. 정신머리하고는. 원장 아버지랑 다 이야기했잖니. 불란서라고. 거긴 미국만큼 큰 나라란다."

불란서. 그건 처음 들어보는 말이었다. 불란서, 정은은 가만히 발음해보았다. 정은은 그간 영어 공부를 열심히 하지 않았다는 사실을 깨달았다. 미국 같은 나라에 가서 지금처럼 말하면 안 된다고 아이들은 떠들어대곤 했다.

"그럼 우리는 쓰레기통 속에 구겨 넣어지게 되는 거야. 말을 못해 쓸모가 없으니깐."

설치는 애들 가운데 하나는 그렇게 말하기도 했다. 정은은 목 밑에 칼을 겨누듯 바짝 긴장하며 자신에게 질문했다.

버려지지 않을 수 있어? 난 말을 못해 쓸모가 없는데.

보모 아주머니는 정은의 코앞으로 거울을 들이밀었다.

"다 됐다. 깔끔하니 얼마나 이쁘냐."

"……보모 아주머니."

"그래. 정은이 너도 막상 떠나려니 아쉽지?"

"저를 데려가주실 분들은 좋은 분들이에요?"

보모 아주머니는 미간을 찌푸렸다.

"얘가 자꾸 왜 엉뚱한 소릴 해. 너 그분들과 몇 번이나 만났잖니. 원피스까지 얻어 입고 온 게 바로 며칠 전이었잖니."

"전 그분들을 본 적이 없어요. 보모 아주머니."

보모 아주머니는 뒷덜미를 훔쳐내던 푸석푸석한 걸레로 정은의 등을 툭 쳤다.

"너 또 무슨 소리를 하는 거니? 그만 들어가거라."

정은은 다시 마당 한구석에 쪼그리고 앉았다. 아이들과 개들이 함께 마당을 뛰어다니고 있었다. 가슴이 답답하고 기운이 없었다. 정은은 소망보육원을 떠난 아이들을 생각했다. 개중 정이 들어 친하게 지낸 아이들도 간혹 있었다. 넌, 보모 아주머니 말대로 좀 답답하구나. 뽀로통하게 입을 내밀며 새침한 척 그 따위 말을 하던 애도 외롭기는 매한가지였다. 난 너 랑은 달라. 우리 아빠가 돈 벌면 데리러 온댔어. 그렇 게 말하던 아이를 데려간 사람은 외화 드라마에서 정 원수를 깎아대던 미국 배우와 꼭 닮은 배불뚝이 백인 남자였다.

아이들은 결국 다양한 방식으로 외로움을 표현하 며 살아내는 거였다. 정은은 곁에 붙어 꼼지락꼼지락 몸을 만져대며 "난 네가 좋아" 말하던 아이를 떠올렸 다. 그 애가 떠날 때도 정은은 결코 울지 않았다. 보모 아주머니는 떠나는 아이들의 머리카락은 유독 짧게 잘라놓았다. 그간 잘해주지 못한 게 미안하다는 듯 나름대로 석별의 정을 표현하는 건지도 몰랐다. 동화 책에서 보던 몽실 언니마냥 촌스럽게 바짝 잘린 그 애의 머리카락을 보며 정은은 생각했다.

떠날 때가 됐구나. 너도.

그 생각은 이런 말이 되어 정은의 입 밖으로 튀어 나왔다.

"못난이 인형 같아."

그 애는 으앙 울음을 터뜨리며 뛰어나갔다. 그리고 다음 날 베이지색 승용차를 타고 떠났다. 앞으로 부모님이라고 불러야 할 어른들과 함께 차를 타고 떠나는 것. 정은은 드디어 떠날 때가 왔다고 생각했다. 정은의 생각에 머리카락을 바짝 짧게 자르는 것은 이제 그만 떠나라는 원장 아버지의 지시였다. 일이 어떻게 잘못되었는지는 몰라도, 모두 정은이 소망보육원을 떠난다고 알고 있는 듯했다.

불란서로 떠나는 게 내가 아니라는 걸 알면 모두 실망할 거야.

정은은 시체가 되어버린 긴 머리카락 몇 올을 꼭 쥐며 생각했다.

저는,

———

오마르입니다

-백가흠

1974년 전북 익산 출생. 2001년 《서울신문》 신춘문예로 등단. 소설집 『귀뚜라미가 온다』 『조대리의 트렁크』 『힌트는 도련님』 『사십사』, 장편소설 『나프탈렌』 『향』 『마담뺑덕』 등이 있다 .

그날 저녁, 그녀가 내게 말했습니다.

오마르, 이젠 안 되겠어.

설거지를 하고 있던 중이어서 그녀가 하는 말이 내게로 향하고 있는지 몰랐습니다. 저는 슬쩍 뒤돌아 그녀를 한번 쳐다보고는 다시 설거지에 집중했습니다. 햇살은 날이 갈수록 화려해지고 있었고, 해 질 녘 하늘의 색깔은 이제껏 보지 못했던 아름다운 빛을 발하는 날이 계속되고 있었습니다. 그날도 그런 날의 하루였습니다. 늦은 저녁을 먹고, 다음 날 일찍 일을 나가야 했기 때문에 일찍 잠자리에 들 생각이었습니다. 그녀는 빨래를 개고 있었습니다. 그냥, 평온한 가을 입구에 서 있는 하루, 평범한 저녁이었습니다.

얼마쯤 지났을까요, 그녀가 다시 조금 전보다는 큰 소리로 말했습니다.

진짜, 이제 안 되겠다니까.

두 번째로 그녀가 말했을 때에야 저는 손을 대충 씻고 수돗물을 잠그고 손을 닦았습니다. 그녀가 한국말로 말을 할 때 뭔가 문제가 있다는 것을 알고 있었으니까요.

왜 그러는 거야?

저는 영어로 물었습니다. 한국에 온 지 2년이 다 되어갔지만 저의 한국말 실력은 처음 왔을 때와 별반 다를 게 없이 제자리였습니다.

이제 꿈에서 깬 느낌이야. 전부 다 싫어졌어.

그녀는 여전히 한국말로 얘기를 했습니다. 그녀에게 무슨 문제가 생긴 것 같았습니다. 하지만 그게 저와 관련된 일이라는 것을 당시만 해도 전혀 몰랐습니다.

수진, 영어로 말해줘. 도대체 왜 그러는 거야?

그녀에게 왜 그런지 물었습니다. 오늘 하루도 그렇고, 근래에 특별한 일이 일어난 적이 없었기 때문이었습니다.

영어도 잘 못하잖아. 너도, 나도. 그런데 맨날 영어로 얘기하래.

그녀는 여전히 한국말로 얘기했습니다. 뭔가 분위기가 심상치 않았지만 저는 도대체 그녀가 갑자기 왜 그러는지 알 수 없었습니다.

영어로 간단한 말밖에는 너도 나도 할 수 없잖아. 우린 대화가 필요하다고.

무슨 일이 있는데 그래?

무슨 일이 있는지, 그걸 다 영어로 어떻게 얘기해. 얘기하면 넌 알아듣니?

왜 그래, 수진?

좋아? 안 좋아? 왜 그래? 무슨 일이야? 우린 서로 묻기만 하고 정확하게 대답을 할 수도 없잖아.

저는 영어를 잘 못합니다. 저는 2년째 어떤 무중력의 상태에 놓여 있는 기분이 들곤 했습니다. 발이 둥둥 떠다니는 느낌이랄까요. 도무지 중심을 잡지 못하고 바로 섰는가 하면 뒤집히고, 사방팔방에서 저를 잡아당기는 그런 기분이었습니다. 그녀가 힘들다는데, 내가 오히려 화가 났습니다.

나한테 왜 화를 내는 거야? 내가 더 힘들어. 여기는 너의 나라잖아. 내가 더 힘들다고.

저도 소리를 질렀습니다. 왜 그런지도 모른 채 내게 화를 내는 그녀가 못내 아쉽고 서러웠습니다. 도대체 그녀가 왜 그러는지 알 수 없는 게 더욱 화가 났습니다.

그러니까 이제 안 되겠다는 거야.

그녀가 영어로 얘기해서 처음 했던 말이 이것이었다는 것을 알았습니다.

그게 무슨 의미야? 안 되겠다는 말이 무슨 말이야?

우리는 2년 전부터 같이 살고 있습니다. 그녀를 처음 만난 것은 3년 전쯤입니다. 영국에서 만나 이탈리아와 스페인, 포르투갈을 3개월 동안 함께 여행했습니다. 여행을 마치고 각자 살던 곳으로 돌아간 후, 6개월 만에 제가 한국으로 왔습니다. 그녀가 그리웠기 때문입니다.

어디 가? 수진, 돌아와.

그녀가 주섬주섬 옷을 챙기더니 밖으로 나갔습니다. 아무리 불러도, 붙잡아 세워도 그녀는 나를 뿌리

치며 집을 나섰습니다. 이상하게도 그녀가 나간 문이 벽처럼 느껴졌습니다. 그제야 정말, 나는 이곳에 그녀 말고는 아무도 없다는 사실을 깨달았습니다. 나는 얼른 그녀를 찾으러 나갔습니다만, 어디에도 그녀는 없었습니다. 오마르의 수진은 어디로 간 걸까요.

냉장고

멜   랑

콜   리

-백 민 석

소설집 『16믿거나말거나박물지』『장원의 심부름꾼 소년』『혀끝의 남자』『수림』, 중편소설 『죽은 올빼미 농장』, 장편소설 『헤이, 우리 소풍 간다』『내가 사랑한 캔디』『불쌍한 꼬마 한스』『목화밭 엽기전』『러셔』『공포의 세기』『교양과 광기의 일기』, 산문집 『리플릿』『아바나의 시민들』, 문학기행 『헤밍웨이』 등이 있다.

민수 씨는 용량이 2/3배럴쯤 되는 양철 드럼통처럼 보였다. 키는 175센티미터이고 몸무게는 100킬로그램이니, 사람들이 그를 보며 드럼통을 떠올리는 것도 잘못은 아니었다. 탄수화물과 움직이기를 싫어하는 명상적인 성격이 어렸을 때부터 그를 '분유 깡통'이라고 불리게 했다. 그리고 그 깡통이 장성해서 지금의 양철 드럼통이 됐다.

그렇지만 민수 씨를 놀리는 사람은 없었다. 그는 가족에게 성실했고 친구들과 정이 깊었으며 동료들의 부탁은 거절하는 법이 없었다. 사람들은 그의 도움이 필요할 때면 흰 밀가루와 흰 설탕으로 만든 카스텔라나 케이크를 사 갔다.

하지만 역시 탄수화물이 문제였다. 그는 다정다감이 지나쳐서 물이 가득 찬 2/3배럴짜리 양철 드럼통 같았다. 누가 손가락으로 살짝 튕기기만 해도 찰랑찰랑하던 눈물이 넘쳐서 눈물샘 밖으로 뚝뚝 흘러내렸다.

초등학교 5학년 때 민수 씨는, 자신이 언제든 넘쳐흐를 수 있는 물이 가득 담긴 깡통 같은 어린이라는 사실을 확연히 깨달았다. 국어 시간에 반 친구들 앞에서 조수미의 <나 가거든>을 낭독하다가 그만 눈물샘이 터져버린 것이었다. 성대에도 살이 차오른 탓에 그의 목소리는 조수미의 소프라노 같은 소리를 냈다. 혹은 계단을 굴러가는 분유 깡통 같은 소리를 냈다. 그는 가늘고 여리고 시끄러운 목소리로 <나 가거든>을 읽어 내려가며 펑펑 울었고 얼굴은 물론이고 가슴까지 눈물로 적셨다.

그때의 창피를 생각하면 민수 씨는 정말 조수미의 <나 가거든>이 뭐가 그리 슬픈 노랫말인가 하는 의문이 들었다. 하지만 나이 서른이 넘은 지금도 그 의문을 풀기 위해 <나 가거든>을 되풀이 들을 때마다 그는 뺨을 적셨다.

잘 울던 깡통이 자라 잘 우는 양철 드럼통이 된 것이다. 양철 드럼통이 악기로도 애용된다는 사실을 알고 있는가? 양철 드럼통은 민감해서 약간의 충격만 가해도 온몸을 떨며 운다. 드럼 스틱으로 건드리기만 해도 울림통 전체가 울고 공명한다. 0.5배럴이나 1배럴짜리 양철 드럼통을 여러 크기로 자르고 용접해 붙여 타악기로 쓴다는 사실을 우리는 알고 있다.

얼마 전에도 민수 씨는 울었다. 직장에서 업무 때문에 기상 변화를 설명해주는 통계를 찾다가 냉장고를 바꿔야 한다는 사실을 깨달은 순간이었다. 지난여름은 유례없이 뜨거운 여름이었고, 통계 그래프의 방향은 더 뜨거운 내년 여름을 가리키고 있었다. 주방의 냉장고가 떠올랐다. 그는 수년간 부족함 없이 써왔던 냉장고의 냉동실이 올해는 유난히 비좁아 불편했었다는 사실을 기억해냈다. 아이스크림을 사다 쟁이고, 얼음을 얼리고, 전에는 냉장실에 보관해도 괜찮았던 해산물과 빵을 냉동실로 올려야 했다.

작년만 해도 하지 않던 일이었다. 민수 씨의 냉장고 냉동실은 터져나갈 지경이 되었다. 그는 과식으로 속이 더부룩해진 냉동실을 상상하며 모니터 앞에서 훌쩍거렸다. 사무실의 동료들은 마음씨 넉넉한 그가 슬픈 것이 못내 가슴 아팠지만, 그 슬픔의 이유가 그들로서는 납득하기 어려운 것일 수 있다는 사실을 인정하고, 전처럼 어깨를 두드려주거나 손수건을 건네거나 하지는 않았다.

민수 씨는 냉장고 멜랑콜리에 사로잡혔다. 그는 퇴근하고 집에 와서 비슷한 용량이지만 냉동실의 크기가 더 큰 냉장고 모델을 검색하다가 또 눈물을 흘렸다. 백에 아흔아홉은 냉동실이 냉장실의 4분의 1 크기밖엔 되지 않았다. 그는 세계적인 백색 가전 회사인 삼성과 엘지의 개발자들이 여름이 뜨거워질수록 더 큰 냉동실이 필요해진다는 사실을 예측하지 못했거나 어쩌면 무시했다는 사실이 못내 슬펐다. 그가 원하는 크기의 냉동실을 구하려면 냉장고를 훨씬 큰 것을 사야 했다. 그는 세 시간쯤 검색한 끝에, 일류 브랜드는 아니지만 적당한 가격에 냉동실과 냉장실의 비율이 3:4쯤 되는 희귀한 모델을 찾아내고는 기쁨의 눈물을 흘렸다.

더 이상 민수 씨는 울지 않았다. 일주일이 지나도

배송이 되지 않았지만 슬픔은 없었다. 전에도 세탁기를 주문했다가 빨래를 쌓아놓고 일주일을 기다려본 적이 있었다. 불행한 경험은 사람을 성숙시킨다. 냉장고 배송 날, 그는 반찬까지 내고 집에 일찍 와 기다렸다. 하지만 어쩐지 말이 많고 사람이 가벼워 보이는 냉장고 설치 기사가 포장을 풀고 전원을 연결했을 때, 배 터져라 먹고 속이 안 좋아 나오는 트림 같은 소리가 냉장고 뒷면에서 터져 나왔다. 연속으로 허공을 때리는 천둥 같은 소리였다.

민수 씨는 냉장고를 도로 가져가라 이르고는, 울음을 겨우 참으며 온라인 쇼핑몰에 환불 주문을 넣었다. 하지만 사흘이 지나도 환불 처리가 되지 않자 고객센터에 전화를 했고, 그는 냉장고가 아직 그의 집에 있으며 냉매가 새면 서비스 기사가 방문해 고치면 된다고 판매자가 말했다는 이야기를 들었다. 그는 방문을 확 열고 나가, 주방에 아직 냉동실 냉장실 비율이 3:4인 새 냉장고가 있는지 확인해보았다. 주방엔 1:4 비율의 낡은 냉장고뿐이었다.

민수 씨는 판매자와 직접 통화를 시도하며 꿋꿋하게 나흘을 버텼다. 그러고 다시 고객센터에 전화를 걸었을 때, 고객의 변심으로 반품을 요구한 것이므로 판매자가 환불을 거절했다는 이야기를 들었다. 그건 하자였지, 변심이 아니었고 냉장고는 집에 있지도 않았다. 그는 화장실에 가 참았던 눈물을 한꺼번에 쏟았다. 사무실 동료들은 화장실 입구까지 총각 귀신 흐느끼는 소리가 들려도 창밖 황사 구름을 보듯 무심했다.

그 후로 열흘이나 민수 씨의 눈에선 눈물이 마를 날이 없었다. 판매자가 전화를 안 받아도, 고객센터가 5시까지 답변을 해드리겠다고 하고 연락이 없을 때도, 그는 자신의 처지가 서러워 눈물을 흘렸다. 판매자가 괘씸하고 쇼핑몰에 배신감을 느꼈다. 약자에게 불편을 강요하는 세상이 원망스러워 울었다. 반품 처리가 되면 몇 만 원 더 주고 엘지나 삼성 냉장고를 사자고 몇 번이나 다짐했지만, 그 회사들엔 냉동실 비율이 높은 모델이 없다는 사실을 그때마다 상기하고는 매번 서러운 눈물을 흘렸다.

민수 씨는 학창 시절에는 한 번도 진심으로 이해할 수 없었던 4.19 시민혁명이나 5.18 민주화운동의 정신을 비로소 이해할 수 있을 것만 같았다. 당시의 열사들과 시대를 뛰어넘어 공감할 수도 있을 것만 같았다. 하지만 수줍은 성격인 그는 광화문 사거리로 뛰쳐나가는 대신, 애꿎은 고객센터 상담원에게 고함을 지르고 흐느끼기도 하면서 빠른 환불 처리를 애걸했다.

우여곡절 끝에 민수 씨는 마침내 새 냉장고를 가질 수 있었다. 주문한 지 한 달이 지나서였다. 그는 옛날 냉장고보다 한결 더 커진 냉동실에 만족했다. 넉넉한 냉동실에 즉석조리 볶음밥과 해산물과 베이글 두 묶음을 넣으며, 슬픔이 가셔가는 자신의 마음을 느꼈다. 내년 여름을 기대하며 거의 행복하기까지 했다. 이제 어떤 뜨거운 여름도 사랑하는 탄수화물의 맛을 버려놓을 수 없었다. 퇴근길 장보기도 그렇게 즐거울 수가 없었다.

민수 씨의 냉장고 멜랑콜리는 빠르게 극복되었다. 냉장고 사건으로 크게 깨달은 바를 실천하기도 했다. 그는 한때 전통 야당이었다가 촛불혁명으로 집권하게 된 정당의 당원으로 가입했다. 그는 당비까지 낸다. 그렇다고 울기 잘하는 그의 성격이 달라진 건 아니었다. 문제의 근원은 역시 탄수화물이었던 것이다. 탄수화물 섭취량을 혁명적으로 줄이지 않는다면 그의 눈물은 아무 때고 넘쳐흘러 그를 창피하게 만들 수 있었다.

어젯밤, 민수 씨는 A/S 기간을 갓 넘기고 망가져 버린 헬스용 실내 자전거 때문에 밤새 베갯잇을 적시 며 뒤척였다.

언제나

해피

엔딩

−백수린

1982년 인천 출생. 2011년 《경향신문》 신춘문예로 등단. 소설집 『폴링 인 폴』과 『참담한 빛』이 있다.

민주는 모니터 하단에 적힌 시간을 확인했다. 아직도 퇴근까지는 시간이 많이 남아 있었다. 이틀 전 다툰 이후 감감무소식인 주호로부터는 여전히 연락이 없었다. 창문이 나 있지 않은 과 사무실에서는 시간의 흐름을 전혀 느낄 수 없었다. 그녀가 행정 조교로 2년째 일하고 있는 K대학교의 철학과 사무실은 신축했다는 문과대학 건물의 7층에 위치해 있었는데, 비가 오는지 눈이 오는지 알 길이 없는 과 사무실에 홀로 앉아 근무를 하다 보면 민주는 건축 설계사가 철학과의 존재를 잊어버렸다가 마지막에 기억해낸 게 아닐까 수군대던 사람들의 의심이 사실일 거라는 확신이 들었다. 아닌 게 아니라 철학과 사무실은 뜬금없이 중문과 교수들의 연구실에 둘러싸인 위치에, 중문과 사무실과 벽을 공유한 채 존재했다. 더구나 벽의 오른쪽을 차지하는 중문과 사무실은 철학과 사무실에 비해 두 배가량 넓었고, 한쪽 벽 전체가 통유리 창으로 되어 있어 언제나 빛으로 환했다. 그런 이유로, 민주는 건축 설계사가 마지막 순간에 중문과 사무실로 예정되어 있던 공간의 한 귀퉁이에 벽을 막고 문을 내어 부랴부랴 철학과 사무실을 만든 것 같다는 사람들의 의심이 틀림없는 사실일 거라고 생각하곤 했다.

철학과 대학원생이나 교수들은 과 사무실의 위치에 불만을 품거나 심지어 때로는 모욕감을 표현하기도 했지만, 민주는 크게 개의치 않았다. 업무 때문에 철학과 교수들의 연구실이 모여 있는 10층까지 올라가야 하는 것이 불편하긴 했으나, 그뿐, 민주는 K대학교 출신도 아니었고, 철학과생은 더더욱 아니었기 때문이다. 그녀가 K대학교 철학과 사무실에서 계약직 행정 조교로 일하는 것은 오로지 돈을 벌기 위해서였다. 노동력을 제공하고 그 대가로 월급을 받는 장소로서의 철학과 사무실이야 7층에 있든 10층에 있든 별다른 차이가 없었다. 민주로서는 여름이고 겨울이고 창문을 열 수도 없고 환기를 시키기도 힘들다는 사실만이 철학과 사무실에 대해 불만스러운 점이었다.

　온종일 아무도 찾지 않은 철학과 사무실의 문이 열린 것은 3시쯤이었다. 문을 열고 들어온 사람은 박 선생이었다. 언제나 그렇듯 피곤한 얼굴을 한 채 그녀는 과 사무실 안으로 들어오자마자 무거운 등산용 백팩을 테이블 위에 올려놓았다.

　"오늘 교수님들 다 출근 안 하셨어요? 건물이 왜 이렇게 한산해요?"

　"오늘 축제 마지막 날이라 오후 강의는 다 휴강이에요."

　박 선생은 낭패라는 표정으로 테이블 앞의 의자에 털썩 걸터앉았다. 휴강 공지를 일찌감치 돌렸음에도 깜박한 것이 틀림없는 박 선생은 텅 빈 강의실에서 학생들이 오기를 기다렸던 모양이었다. 강의실까지 걸어오면서 캠퍼스 곳곳에 남아 있는 축제의 흔적들에는 관심을 두지도 않은 걸까? 박 선생이라면 정말 그랬을지도 몰랐다. 과 사무실에 들락거리는 많은 사람 중에서 박 선생만큼 민주의 눈에 특이해 보이는 사람은 없었다. 그녀는 언제나 누군가에게서 쫓기다 온 사람처럼 기진맥진한 얼굴이었고, 세상의 유행과는 동떨어진 차림새를 하고 다녔다. 화장은커녕 로션이나 제대로 바르는지 의심스러울 정도로 얼굴은 언제나 버짐이 피어 있었고, 정장 바지를 입은 날 농구화를 신고 오는 경우까지 있었다. 게다가 과 사무실에 와서 A4용지를 한 장 빌릴 때도 돈을 지불하고야 마는 박 선생은 좋게 말하면 깔끔한 성격이었지만 실제로는 융통성이 없었고 고지식한 사람이었다. 그러니까, 한마디로 말해서 그녀는 민주가 훗날 그렇게 될까 두려운 사람의 전형인 셈이었다.

'나는 절대 저렇게 늙지 않을 거야.'

박 선생은 모르겠지만, 민주는 거의 항상 박 선생을 마주칠 때마다 그렇게 속으로 다짐하곤 했다. 스물일곱 살이 된 이래로 민주는 매일매일 초조함이 그녀의 내면을 빠른 속도로 점령해나가는 것을 느꼈다. 고등학생 시절, 민주는 여러 가지 꿈들을 꾸었다. 대학에 가면 캠퍼스 커플이 되어보고, 아프리카로 자원봉사를 가고, 제2외국어로 배운 중국어 실력을 키워 상하이에 취직하는 식의, 조금은 허황해 보이지만 달 착륙이나 해저 탐사처럼 완전히 불가능할 것 같지는 않은 그런 꿈들이었다. 하지만 스물다섯 살에서 스물여섯 살로 넘어가던 12월의 마지막 밤, 대학로 근처의 새로 생긴 수입 맥줏집에서 고등학교 시절을 같이 보낸 친구들과 거나하게 마신 후 거리를 걷다가 민주는 자신이 원했던 것을 단 하나도 이루지 못했다는 사실을 갑자기 깨달아버렸다. 민주는 여자대학에 입학했기 때문에 캠퍼스 커플을 하지 못했고, 취업을 위한 스펙을 쌓느라 아프리카까지 갈 여유가 없었으며, 상하이는커녕 국내의 어떤 회사에도 정규직으로 채용되지 못했던 것이다.

민주는 스무 살 이후 자신이 살았던 삶이란 꿈꾸어왔던 것들을 조금씩 하향 조절하는 날들의 연속인 것처럼 느꼈다. 그러니까 상하이의 전도유망한 글로벌 기업에 다니는 커리어우먼에서, 국내 대기업의 정규직 사원으로, 그러다 결국엔 사립대학의 비정규직 행정 직원으로. 길을 잃지 않기 위해 빵을 떼어 길가에 버리며 걸었다는 동화 속의 남매처럼, 민주는 자신의 꿈의 디테일들을 하나씩 버리며 걸어왔지만, 자신이 삶의 어디쯤 도착해 있는지 알 수 없었고 어떤 끝으로 향하는지는 더욱 알지 못했다. 그렇게 느끼는 것은 주호의 경우도 마찬가지였을까? 몇 년째 9급 공무원 시험을 준비하는 주호는 예전과 달리 별것도 아닌 일로 날카롭게 굴었고, 민주가 자기를 떠날 거라며 끊임없이 의심했다. 어쩌면 공시생 신분을 언제 탈피할지 모르는 주호에게 청춘을 다 바치는 것이 잘하는 일인가 걱정되기 시작한 민주의 마음을 주호가 읽은 것인지도 몰랐다.

"차 한잔만 마시고 가도 되죠?"

박 선생이 물었다.

"그럼요."

민주는 믹스커피를 타기 위해 자리에서 일어났다. 하지만 박 선생은 손짓으로 민주를 만류하더니 커다란 배낭에서 보온병을 꺼냈다. 그리고 마치 다도를 하는 사람처럼 뚜껑을 더운물로 데운 후 버리더니 차를 따랐다. 텀블러도 아니고 보온병이라니. 그것은 등산할 때 싸가지고 다니는 것 같은 커다란 스테인리스 보온병이었다. 그리고 박 선생은 자리에서 일어나 과 사무실 한쪽 정수기 옆에 비치된 종이컵을 가져온 후 한 잔을 더 따르더니 민주에게 건넸다.

"한잔 마셔요. 몸이 따뜻해져요."

민주는 엉겁결에 차를 가득 따른 종이컵을 받았다. 맑은 연둣빛의 차는 적절한 시간만큼 우린 것처럼 완벽하고 깔끔한 맛이었다.

"차가 맛있네요."

"그쵸? 녹차는 70도로 식힌 물에 딱 1분 30초만 우려야 맛이 있어요. 더도 덜도 말고 딱 1분 30초요."

박 선생이 평소와 달리 조금은 달뜬 톤으로 맞장 구를 쳤다. 민주의 머릿속에는 박 선생이 타이머를 들고 차를 우리는 모습이 떠올랐다. 박 선생은 그러 고도 남을 사람 같았다.

"시간이 갑자기 생겨버렸으니 뭔가 재미난 일을 해야 할 것 같은데 뭘 하면 좋을지 모르겠네."

박 선생은 차를 호로록 마시며 혼잣말도 아니고, 그렇다고 혼잣말이 아닌 것도 아닌 문장을 내뱉었다. 뭐라고 답을 해야 할지 몰라 민주는 그냥 휴대전화의 전원 버튼을 눌렀다. 주호의 연락은 아직도 없었고 이번에는 박 선생이 분명히 민주를 향해 말을 걸었다.

"조교님은 오늘 뭐 하려고 했어요?"

"저는 영화를 볼 생각이었어요."

"요즘 재미있는 영화 뭐가 있어요?"

하지만 정말 오늘 영화를 볼 수 있을까? 민주는 주호와 보기로 했던 영화를 떠올렸다. 우리는 이대로 헤어지는 걸까? 서로의 삶에 아무런 접점도 없는 사람들이 되어. 주호와 다정했던 날들이 민주의 머릿속을 스쳤다. 공무원 시험 준비를 주호가 시작한 지 얼마 안 되었을 무렵, 노량진으로 주말마다 그를 찾아가 구청의 화단 벤치에 앉아 함께 볕을 쬐며 2천 원짜리 커피를 마신 기억 같은 것들. 추리닝 차림의 주호의 입술은 마르고 하얗게 각질이 일어 있었지만, 깍지 낀 손은 부드럽고, 말랑했다. 그것들은 나름대로 정말 좋은 날들이었지만, 언제까지 이대로는 불안했다. 민주가 그런 생각에 빠져 있는데, 박 선생이 다시 입을 열었다.

"영화관 안 간 지 진짜 오래됐네. 정말 영화나 보러 갈까 봐요. 예전에 대학 졸업하고 영화관에서 아르바이트할 때는 영화를 참 많이 봤는데."

"선생님이요?"

영화관 아르바이트라니. 그 말을 듣자, 너무 당연하지만, 박 선생에게도 젊은 시절이 있었구나, 하는 실감이 났다.

"네, 검표를 하고 안내하는 일이었어요."

민주는 유니폼을 입고 ○관입니다, 라고 안내하는 이십 대 초반의 그녀를 쉽게 상상할 수가 없었다.

"그 아르바이트를 하면 가장 좋은 점이 뭔지 알아요?"

"공짜 영화를 볼 수 있었나요?"

장점이 무엇인지 크게 관심은 없었지만 민주는 대화를 이어나가기 위해 질문했다. 그러자 박 선생은 고개를 저었다.

"아니요. 그것도 그렇지만 모든 영화의 결말을 미리 본다는 점이었어요. 영화가 끝나면 문을 열고 손님들에게 출구를 안내해야 하니까 끝나기 직전에 상영관 안에 들어가 있어야 했거든요."

"결말을 알아버리면 나쁜 거 아니에요?"

민주가 의아하다는 듯이 물었다.

"그 시절에는 뭐가 그렇게 인생에 불안한 게 많던

지, 영화만이라도 결말을 미리 알고 싶더라고요. 그러면 나는 해피엔딩인 영화만 골라 볼 수 있잖아요."

박 선생은 사무용 책상 위에 올려놓은 민주의 빈 종이컵을 가져가 다시 우아하고 절도 있는 동작으로 차를 한 잔 더 따랐다. 그러고는 보온병 뚜껑을 티슈로 쓱쓱 닦더니 야무지게 돌려 닫았다. 민주는 박 선생이 보온병을 커다란 백팩, 세상의 온갖 잡동사니와 책이 다 들어 있을 것처럼 불룩한 백팩 속에 테트리스의 마지막 블록을 넣듯이 능숙하고도 정교하게 쓱 밀어 넣는 과정을 가만히 지켜보았다. 그리고 작은 소리로 물었다.

"……괜찮아지나요?"

박 선생이 무슨 말인지 못 알아들었다는 표정으로 쳐다보며 민주의 책상 위에 차가 담긴 종이컵을 다시 올려놓았다.

"그 시기만 지나면 그런 불안한 마음은 괜찮아지나요?"

민주의 질문에 박 선생은 아무런 말없이 웃더니, "엔딩이 어떻든, 누군가 함부로 버리고 간 팝콘을 치우고 나면, 언제나 영화가 다시 시작한다는 것만 깨달으면 그다음엔 다 괜찮아져요" 하고 말했다. 그리고 박 선생은 커다란 배낭을 다시 둘러메더니, 과 사무실의 문을 열고 아무도 다니지 않는 복도 쪽을 향해 유유히 걸어나갔다.

박 선생이 나가고 민주는 자기 자리에 앉아 또각또각 멀어지는 박 선생의 발소리를, 띵─하고 울리는 엘리베이터 신호음을, 복도에 적막이 다시 차오르는 소리를 가만히 들었다. 엔딩이 어떻든 언제나 영화가 다시 시작한다니? 민주는 휴대전화의 버튼을 꾹 눌러 메시지가 와 있는 것이 있는지 확인했다. 그러고 보면 박 선생도 연애를 해봤겠지? 종이컵을 만지작거리면서 민주는 연애하는 박 선생이 있는 과거나, 주호와의 관계가 끝난 이후 변해버릴 그녀의 미래를 상상해보려 했지만 어느 쪽도 잘 그려지지 않았다. 그 대신 민주의 머릿속에 떠오르는 것은 박 선생의 웃음이었다. 그 전까지는 민주가 발견하지 못했던, 체념에 얼룩지지 않은 것 같은 말간 웃음. 그렇게, 땅거미가 내려앉기 시작했으나 창이 없어 풍경의 변화를 짐작할 길 없는 과 사무실에 앉아 민주는 잠시 무언가를 골똘히 생각했다. 그러고 나서 영원히 오지 않을 것 같은 끝에 대해 생각하기를 멈추고 다만 여기, 지금의 온기에 집중하기 위해 아직은 따뜻한 차를 마셨다.

분실물 찾기의 대가 3

– 바늘귀에

실 꿰기

-손보미

1980년 서울 출생. 2011년 《동아일보》 신춘문예로 등단. 소설집 『그들에게 린디합을』 『우아한 밤과 고양이들』, 장편소설 『디어 랄프 로렌』 등이 있다. 2012년 젊은작가상, 2013년 한국일보문학상, 2014년 김준성문학상, 2017년 대산문학상을 수상했다.

그는 반짇고리를 사기 위해 온 동네를 뒤지는 중이었다. 거리는 이제 어둑어둑해지고 있었다. 문구점과 슈퍼마켓에는 없다고 했고, 신발 수리점과 철물점은 문을 닫은 뒤였다. 그는 심장이 너무 빨리 뛰어서 난감할 지경이었다. 그럴 이유가 없는데도 그랬다. 난 그냥 정중하게 부탁을 받은 것뿐인데……. 반짇고리를 사지 못한다 한들 큰일이 생기는 것도 아니었다. 그에게 반짇고리를 사다 달라고 부탁한 건 탐정이었다. 스키를 타다가 다리를 다쳤다는 탐정은 잠옷차림으로, 깁스한 한쪽 다리를 스툴에 올린 채로 그를 맞이했다. 그는 탐정과 이미 몇 번이나 통화를 하고 방문 날짜를 정했는데, 방문하기 전날 밤에 탐정은 그에게 전화를 걸어 다리를 다쳤다는 소식을 전해주었던 것이다. "하지만 걱정하지 마십시오. 분실물을 찾는 데는 전혀 지장이 없으니까요." 그는 일주일 전, 사무실에서 사라져버린 수정 테이프의 행방을 찾기 위해 탐정을 방문했다. 사라진 게 그것 하나뿐이라면 탐정을 찾아갈 생각은 하지도 않았을 것이다. 사무실 책상 위에 올려둔 치약, 티슈, 메모지, 볼펜 등등이 자꾸만 사라져버렸다. 탐정은 그에게 스무 개가 넘는 질문을 던졌다. 그가 그 질문에 답하는 중간중간, 그는 탐정이 부탁하는 일들―개에게 밥을 주는 것, 창문을 여는 것과 창문을 닫는 것, 물을 가져다주는 것 등등―을 해주어야만 했다. 그는 탐정의 마지막 질문은 이것이리라고 생각했다. "동료들 가운데 누군가가 잠깐 쓰려고 가지고 갔다가 돌려주는 걸 잊은 게 아닐까요?"

하지만 탐정의 마지막 질문은 이것이었다.

"혹시 저를 위해서 반짇고리를 하나 사다 줄 수 있으십니까?"

거리에는 편의점이 서너 개 있었다. 편의점에 반짇고리가 있으리라고는 생각되지 않았다. 밑져야 본전이다, 생각하며 그는 가장 첫 번째로 눈에 띈 편의점 안으로 들어갔다. 편의점에는 반짇고리가 있었다. 반짇고리뿐만이 아니었다. 세상에, 거기엔 없는 게 없었다. 손톱깎이, 구두약, 심지어는 양말과 속옷까지. 그는 편의점을 아주 가끔만 사용했다. 필요한 물건은 가격을 따져서 대형 마트에서 구입하거나 인터넷 쇼핑몰을 이용했기 때문이었다. 그가 편의점을 사용하는 건, 예기치 않은 일이 발생할 때뿐이었다. 예기치 않게 화장지가 떨어졌을 때, 예기치 않게 과일 통조림 같은 게 먹고 싶을 때, 그리고 예기치 않게, 이런 식으로 누군가의 부탁을 받을 때…… . 그는 반짇고리를 하나 챙긴 후, 편의점 냉장고 앞에 서서 끝도 없이 쌓여 있는 각종 맥주를 바라보았다. 맥주는 네 개에 만 원이었다. 그는 평소에 술을 즐겨 마시지 않지만, 이번에는 왠지 맥주 네 개를 구입하지 않으면 안 될 것 같은 기분을 느꼈다. 그는 반짇고리와 맥주 네 개를 계산한 후, 밖으로 나왔다. 그 짧은 사이에 거리에는 완전한 어둠이 내려앉아 있었다. 저 멀리 불

켜진 가로등들이 일렬로 서 있는 게 보였다. 바람, 여름이 가고 가을이 오고 있었다. 그는 갑자기 이루 말할 수 없는 쓸쓸함에 사로잡혔다.

탐정의 사무실—아니, 집인가? 여하튼—으로 돌아왔을 때도 탐정은 여전히 스툴에 깁스를 한 다리를 올리고 있었다. 그가 나갈 때와 다른 광경이 있다면, 아까는 싱크대 밑에 누워 있던 커다란 개가 이제는 탐정의 옆에 엎드려서 자고 있다는 것, 정도였다. 하지만 그는 무언가, 다른 것, 그가 설명하기 어려운 어떤 것이 변했다고 생각했다. 그게 뭘까? 반짇고리를 받은 탐정은 그가 자리에 앉기도 전에 말했다.

"저기, 침대 위에 있는 제 셔츠와 단추 통을 가져다주시겠습니까?"

탐정은 그를 보고 싱긋 웃었다. 그는 침대로 다가갔고 탐정이 시키는 대로 했다. 단추 통에서 단추를 하나 고른 탐정은 반짇고리에서 실과 적당한 크기의 바늘을 꺼낸 후, 바늘귀에 실을 꿰려고 애쓰기 시작했다. 탐정은 자신의 맞은편에 고객이 앉아 있다는 사실, 그러니까 그의 존재는 아예 잊어버린 사람 같앉다. 그는 조용히 탐정의 건너편에 앉아서 탐정이 하는 양을 바라보고 있었다. 탐정은 너무나 서툴렀고, 그는 어쩌면 탐정이 영원히 바늘귀에 실을 꿰는 걸 성공하지 못할지도 모른다고, 그리고 자신의 존재 같은 건 영원히 기억해내지 못할지도 모른다는 생각이 들었다.

그는 조금 전 사 온 캔맥주 중 하나를 꺼내서 마시기 시작했다. 그가 맥주 한 캔을 홀짝이며 다 마실 때까지도 탐정은 여전히 실을 바늘귀에 꿰는 걸 성공시키지 못하고 있었다. 그는 소파에 깊숙이 몸을 기대고 생각했다. 만약 탐정이 자신에게 "동료들 가운데 누군가가 잠깐 쓰려고 가지고 갔다가 돌려주는 걸 잊은 게 아닐까요?"라고 질문을 했다면 나는 뭐라고 대답했을까? 그는 그럴 리가 없다고 대답했을 것이다. 그렇게 예의 없는 사람들도 아니었고 무엇보다 만약 그들이 무언가를 빌려달라고 했다면, 아니, 심지어 그냥 달라고 했더라도 그는 두말없이 그렇게 했을 것이기 때문이다. 그는 무엇이든, 남들의 부탁을 거절한 적이 없었다. 동료들도 그 사실을 알고 있었다. 그 사실을 알고 있다. 그는 맥주 한 캔을 더 땄고, 이번에는 홀짝이지 않고 단숨에 털어 넣었다. 사무실 안은 고요했다. 잠든 개가 가끔 잠꼬대를 하는지 끙, 거리는 소리만 들려올 뿐이었다. 그는 자신이 잃어버린 것의 목록을 머릿속으로 떠올려보았다. 뭐가 있었지? 자, 메모지, 볼펜, 티슈 등등등……. 하지만 그는 자신이 분실한 건 그게 아닐지도 모른다는 생각이 들었다. 하지만 내가 분실한 게 뭘까? 내가 잊어버린 게 뭘까? 그러다 문득 그는 이 사무실의 전등이 켜져 있다는 사실을 깨달을 수 있었다.

그때 탐정이 고개를 들더니 그에게 말했다.

"이거 좀 해주시겠습니까?"

그는 자리에서 벌떡 일어났다. 그리고 탐정을 향해 상체를 낮춘 후 작지만 힘이 들어간 목소리로 말했다.

"아니요. 이것 좀 해달라, 저것 좀 해달라, 아주 지겨워 죽겠습니다. 나는 분실물을 찾으러 온 거지, 당신의 부탁을 들어주러 온 게 아니란 말입니다."

그렇게 말한 그는 잠시동안 우두커니 서 있다가 탐정의 사무실을 한번 둘러보았다. 그는 자신의 뒷목이 땀으로 축축하다는 걸 알고 있었다. 하지만 땀은 금방 증발해버릴 것이다. 그는 잠시 후 사무실 문을 열고 밖으로 나가버렸다. 잠들었던 개가 깜짝 놀라 고개를 들었고 문을 한번 바라봤지만, 금세 흥미가 사라졌는지 다시 고개를 바닥으로 파묻었다. 잠시 후 사무실의 문이 다시 열렸다. 그였다. 그는 성큼성큼 아까 자신이 앉아 있던 자리로 걸어와서 아직 따지 않은 캔맥주가 든 봉지를 낚아챘다.

"이건 제 겁니다."

"알고 있습니다."

탐정은 왜 그렇게 당연한 소리를 하냐는 듯이 그를 바라보며 고개를 끄덕였다. 그는 지갑에서 사례금을 꺼내 탐정의 식탁 위에 올려두었다. 탐정이 그에게 말했다.

"정말 죄송하지만, 개에게 사료를 한 번만 더 주실수 있으십니까?"

그는 멈칫했지만 결국 탐정이 시키는 대로 했다.

"이건 순전히 호의로 해드리는 일입니다. 호의 말입니다."

탐정은 이 말을 다시 한번 더 반복했다.

"알고 있습니다."

그렇게 말한 후, 탐정은 바늘귀에 실 꿰는 걸 다시 시도하기 시작했다. 개의 밥그릇에 사료를 담아주는 소리를 들으면서도, 자신 쪽으로 다가오는 그의 인기척을 느끼면서도, 탐정은 고개를 들지 않고 그 일에만 열중했다. 그는 잠시 동안 복잡한 표정으로 탐정을 내려다보다가 결국 인사도 없이 사무실 밖으로 나갔다. 사무실 문이 닫히자, 탐정은 더 이상 참을 수 없다는 듯이 끙차, 소리를 내며 이리저리 목 스트레칭을 하기 시작했다. 그런 후, 반짇고리 안에 들어 있던 작은 가위를 꺼내 이제까지 손에 들고 있던 실의 끝부분을 잘라내고 검지 손가락과 엄지 손가락 사이에 끼고 도로로 한번 말아주었다. 그리고 단 한 번의 시도로 바늘귀에 실을 꿰는 데 성공했다. 탐정은 셔츠에 단추를 달기 시작했다. 개는 그런 탐정을 물끄러미 올려다보다가 사료가 가득 담긴 그릇으로 다가가 고개를 처박고 찹찹찹찹 소리를 내며 밥을 먹기 시작했다.

창문

-오한기

1985년 경기 안양 출생. 2012년 《현대문학》 신인추천으로 등단. 소설집 『의인법』, 장편소설 『홍학이 된 사나이』, 『나는 자급자족한다』가 있다. 2016년 젊은작가상을 수상했다.

답십리도서관에서 상주 작가로 일한 건 작년 가을부터 올해 봄까지였다. 문화예술위원회의 지원을 받아 얼마간의 월급을 받고 자서전 특강, 독서토론회 운영 따위를 하는 일종의 계약직 강사였다. 주 5일을 9시까지 출근해야 했지만 나름 만족했다. 월급도 월급이지만 시내가 내다보이는 옥상이 있었고, 혼자 쓸 수 있는 작업실이 있었고, 소설을 쓸 때 아무도 건들지 않았고, 프린터를 마음껏 사용할 수 있었고, 무엇보다 인근에 서울에서 가장 맛있는 돈가스집이 있었다. 인연이랄 것까진 없었지만, 도서관에서 만났던 사람 중에는 그가 기억난다. 이름이 가물가물해서 뭐라고 부를까 고민하다가 최근 쓰고 있는 소설 속 인물을 따서 그냥 진진이라고 부르겠다. 소설가 정지돈과 이상우를 섞어놓은 듯한 외모였는데, 하나하나 뜯어보면 미남이었지만 전체적으로 보면 어딘지 모르게 이상했다. 음울한 어투와 코를 찡긋거리는 버릇은 아직도 눈에 선하다. 주사파 정권이 김정은과 손을 잡고 고려연방제를 주창할 거라는 주장을 입버릇처럼 했기 때문에 정치적 성향은 짐작할 수 있었다. 진진은 은행원이었고, 상담을 받으러 나를 찾아왔다. 상주 작가 담당 사서가 하루키의 고민 상담소인가 뭔가를 패러디해서 야심차게 기획한 공고를 보고 찾아온 것이었다. '문학동네 젊은작가상을 수상한 전도유망한 소설가가 인생 상담을 해드립니다'. 이게 그 낯부끄러운 공고문이었다. 당연히 진진을 제외하고는 아무도 오지 않았다.

매주 토요일 서너 시, 진진은 도서관 3층에 위치한 작업실 문을 두드렸다. 진진은 타고난 외톨이었고, 매일 밤 자살 충동에 시달렸으며, 속마음을 털어놓지 않으면 미칠 것 같아서 나를 찾아왔다고 했다. 이게 첫날 진진에 대해 알게 된 사실이었다. 그 뒤 몇 번은 상담이랍시고 이것저것 적기도 하고 훈수도 두었는데, 언제부턴가는 외톨이에 걸맞은 진진의 삶이 너무나 우울해서 듣기만 해도 벅찰 지경에 이르렀다. 한 달 정도 그의 인생 역정을 듣고 나서, 진진이 점점 부담스러워지기 시작했을 때, 진진은 자신의 꿈에 대해 말했고, 나는 그가 조금은 다른 외톨이라는 걸 눈치챘다. 제 꿈은 은행 강도입니다. 아주 오래전부터요. 진진이 이렇게 말한 뒤 비밀이니 절대 발설하지 말라고 덧붙였다. 부담스럽게 왜 비밀을 털어놓을까 같은 생각을 하고 있을 때, 진진은 도서관에서『곰 사냥』을 빌려 읽었다며 의미심장한 웃음을 지었다. 마치 동료 악당을 만났다는 듯이. 작가님과는 대화가 통할 것 같았습니다. 그 소설을 읽고 확신했죠. 그래서 찾아온 겁니다. 좀도둑질이라도 들킨 듯 가슴이 철렁했다.『곰 사냥』은 소설가와 시인이 곰 가면을 쓰고 은행을 턴다는 내용의 장편소설이었다. 맞다. 나는 은행 강도에 낭만 같은 걸 간직하고 있었다. 말이 나왔으니 하는 소린데, 나는 은행 강도가 사라지고 있는 현실이 서글펐고, 과도하게 발전한 보안 시스템을 증오했으며, 영화나 드라마에 은행 강도가 나오면 무조건 은행 강도 편이었다. 빌어먹을 경찰들! 나는 달리 할 말이 없어서 웃음으로 맞대응했고 그는 만족한 듯 고개를 주억거리며 말을 이었다. 진진이 은행 강도가 되고 싶은 이유는 엄마 때문이었다. 진진의 모친은 빚을 갚느라 인생 대부분을 좀먹었다. 엄마는 앓는 소리를 하면서도 대출이자를 갚았고, 어린 시절 진진은 끙끙 앓는 소리를 하면 돈이 생기는 줄 알았다. 사춘기 땐 돈 없다고 징징거리는 엄마도 싫었고 돈 달라고 징징거리는 은행도 싫었는데 그래도 은행 쪽이 조금 더 싫었다. 그러던 어느 날, 진진은 은행을 털어서 대출금을 갚는 아이디어를 떠올렸다. 보세요. 은행은 돈을 보관해주고 그 돈을 투자하고 불려서 다른 사람에게 빌려주고는 이자를 받습니다. 은행은 그 자체로 강도나 다름없고, 저는 강도를 터는 강도가 될 것이니, 즉 강도가 아닙니다. 이 도서관도 마찬가지죠. 세금으로 책을 사고 온갖 생색을 내며 책을 빌려주잖아요. 대체 연체 독촉은 왜 하는 겁니까? 나는 진진의 논리적 비약에서 한물간 아나키스트를 떠올렸지만 티 내지 않았다. 남들이 봤을 때 나 역시 그럴 테니.

진진은 솔직했다. 고등학교 때 장래 희망을 은행 강도라고 적어 낸 것이었다. 담임은 착오가 있었거나 장난이라고 여기며 상의도 없이 진진의 장래 희망을 은행원이라고 고쳐버렸다. 진진은 반발하는 대신 차라리 잘됐다고 생각했고, 은행 강도라는 장래 희망을 공공연하게 떠들고 다녀서 좋을 건 없다는 것도 깨달았다. 그때부터 진진은 은행원으로 장래 희망을 수정했다. 일단 은행원이 되자. 그럼 은행 구조, 탈출구, CCTV 사각지대를 파악하는 데 용이하고, 진급할수록 은행의 비밀 따위에 점차 접근할 것이고, 은행장이라도 되면 VIP 금고에 마음껏 들락거릴 수 있을지도 몰라! 게다가 당장 은행 강도가 되지 못하더라도 은행원으로 생계를 해결하며 미래를 도모할 수 있잖아. 아무 준비 없이 은행 강도가 되면 실패할 확률이 높고, 옥살이를 하고 나오면 사회 낙오자가 될 게 뻔한데 확실히 하는 게 낫지.

진진은 서울 시내 사립대 식품공학과를 졸업한 뒤 은행에 취직했다. 그래서 계획대로 진행되고 있나요? 내가 물었다. 그는 고개를 가로저었다. 종일 대출 상담을 하고 나면 은행을 털 욕구가 사라진다고 했다. 안대를 쓰고 침대에 눕고 싶을 뿐이죠. 꿈에 지폐 계수기가 나오지 않길 바랄 뿐입니다. 그가 덧붙였다. 욕망을 되살리는 게 중요해요. 욕망을.

새해가 밝고 처음 맞이한 주말, 그는 평소와 달리 들떠 있었다. 말투도 빨랐고 호흡도 가빴다. 무슨 일이냐고 묻자, 그는 드디어 은행을 털 절호의 기회를 잡았다고 했다. 어떻게요? 동지가 생겼어요. 그게 누구냐고 물었다. 저희 은행 청원경찰이요. 진진이 말하길, 청원경찰은 전문대 연극영화과를 중퇴하고 경비업체에 입사한 박보검을 살짝 닮은 친구인데, 어느 날 손님이 없을 때 진진에게 슬쩍 대출에 대해 물었다. 진진이 계약직은 대출이 어렵다고 하자 청원경찰은 좌절했고, 그때 진진은 청원경찰에게서 이 세상에 대한 적의를 엿봤다고 했다. 어린 시절 자신이 떠올랐다고 덧붙이기도 했다. 다음부터는 예상한 대로. 그날 밤 그들은 술잔을 기울이며 의기투합을 했다. 게다가 그 친구는 허리춤에 총도 차고 있잖아요! 손들어! 꼼짝 마! 연극을 했었다니 연기도 될 거고. 일이 틀어지면 다 쏴 죽이죠, 뭐. 이건 거의 운명이에요. 그로 인해 욕망이 되살아난다고요! 설마 청원경찰의 총이 가스총이라는 사실을 모르는 건가 생각하고 있을 때 그가 이만 가봐야 한다며 일어섰다. 나는 그를 로비까지 배웅했다. 왠지 마지막인 것 같아서였다. 내가 인사를 하자 그는 손가락을 치켜들었다. 조심해요, 조만간 연습 삼아 도서관에 있는 책을 모조리 훔칠 생각이니까. 예전에 도서관도 은행과 다를 바 없다고 한 거 기억나죠? 명분도 있고 반년 동안 드나들면서 도서관 구조도 눈에 익었고. 들켜봤자 돈도 아니고 책인데 뭐 징역 몇 년 살겠어요? 그가 내 귀에 입을 바싹 붙이고 속삭였다. 작가님, 이 계획이 새어나가면 작가님을 죽일 거예요. 제 꿈에 대해 알고 있는 사람은 작가님뿐이거든요. 못 믿겠죠? 제가 도서관을 털었다는 증거를 남겨놓을 테니 보세요. 왠지 돋아 오르는 소름은 주체할 수 없었다. 그사이, 그 증거가 대체 무엇인지 물을 겨를도 없이, 진진은 시야에서 사라지고 있었다.

그 뒤 진진은 찾아오지 않았다. 도서관은 털리기는커녕 지역구 국회의원 기증 도서 수천 권을 전시하느라 책장을 더 주문해야 했다. 인터넷을 검색해봤지만 은행이 털렸다는 뉴스 같은 건 보이지 않았다. 한 달이 지나자 나는 진진을 완전히 잊었다. 상주 작가 계약 기간이 끝날 시기가 다가왔기 때문이었다. 바빴다. 자서전 특강 수강생들의 글을 모아 책을 만들었고, 『나는 자급자족한다』를 마무리했다. 무엇보다 미래를 모색해야 했다. 무슨 일로 밥벌이를 할지 찾아야 했고, 혹시 드라마 작가가 돼 부귀영화를 누릴 수 있지 않을까 기대하며 <사서삼경>이라는 단막극과 <미지와의 조우>라는 미니 시리즈를 써서 공모전에 제출했다. 무엇보다 일본 정보부에 40년째 쫓기고 있다는 주민 하나가 하루에도 몇 번씩 탄원서를 다듬어달라고 작업실 문을 두드렸기 때문에 숨어 다니느라 정신없었다.

나는 또렷이 기억한다. 4월 6일. 식목일 다음 날. 출근했는데, 도서관 곳곳에 폴리스 라인이 쳐져 있었고 경찰이 돌아다녔다. 사서에게 무슨 일이냐고 물었더니 어젯밤 강도가 들어서 책을 모조리 훔쳐 갔다고 했다. CCTV 분석 결과 강도는 두 명이고 복면을 쓰고 있어서 확실치는 않지만 그중 하나는 도서관 회원으로 추정된다고 했다. 짐작 가는 회원 있나요? 사서가 물었다. 나는 나도 모르게 고개를 세차게 흔들었다. 사서는 이상하다고 했다. 왜 그러냐고 묻자 사서는 책이 전부 사라졌는데,『곰 사냥』만 남아 있다고 했다.

첫

눈

마

중

-윤고은

1980년 서울 출생. 소설집 『1인용 식탁』 『알로하』, 장편소설 『무중력 증후군』 『밤의 여행자들』 『해적판을 타고』 등이 있다.

결과적으로 그들은 첫눈을 함께한 사이가 되었다. 두 사람이 만난 건 오후 3시였고 눈은 3시가 조금 지나서 내리기 시작했으니. 남자가 토요일 근무를 끝내고 근처 카페로 갔을 때 여자는 가장 안쪽 자리에 앉아 있었다. 첫눈이라는 남자의 말에 여자는 등 뒤를 돌아보았다. 예고 없이 난입한 눈 때문에 통유리창 너머의 풍경이 다소 번잡해진 듯했다. 눈이 올 때면 여자는 어떤 세계를 상상하곤 했는데, 그곳에서는 하늘과 땅 사이가 계속 멀어지고 있어서 눈이 내려도 땅에 닿을 수 없었다.

"그래서 눈이 내리지만 절대로 땅에 쌓일 수는 없

는 거죠. 땅이 계속 아래로 내려가는 구조거든요. 빙판길 걱정이 없겠죠. 미끄럼 방지 차원에서, 어때요?"

　여자는 남자의 다음 말을 기다렸다. 눈을 싫어하느냐고 물어오거나, 아니면 의외라는 반응을 보이겠지. 그러면 눈이 날리는 걸 보는 건 좋지만 땅이 얼어붙고 점점 까매지는 걸 보는 게 겁난다고 말할 생각이었다. 그건 눈에 관한 것인 동시에 관계에 관한 두려움이기도 했다. 남자는 커피를 한 모금 마시더니 이런 말을 했다.

　"공학도 입장에서는 글쎄요. 바람직한 생각은 아니죠."

　"이런 생각이 불법은 아니잖아요?"

　'바람직'이란 말 앞에서 다소 당황한 여자가 고른 말이 '불법'이었는데, 뱉어놓고 보니 이 말도 좀 난데없는 느낌이었다.

　"지반이 그렇게 약해서야…… 땅바닥에 열선을 까는 게 더 쉽겠는데요."

　"열선이요? 땅이 아래로 계속 꺼지는 게 낫지 않아요? 간단하게 생각해보는 거죠. 재미로."

　남자는 고개를 갸웃하고는 대답했다.

"진짜 간단한 규모의 생각이라면. 빙판길을 걸을 때 조심하면 되는 거 아닐까요? 아니면 아이젠도 있잖아요."

"아이젠이요?"

두 사람이 일부러 만난 건 오늘이 세 번째였는데 이런 식의 대화는 너무도 익숙했다. 서로 다른 부분에 초점을 맞추면서 계속 몸을 키우는 대화, 그게 나쁘다는 건 아니었다. 적어도 여자 입장에서는 남자가 늘 예상을 빗나가는 게, 그래서 플랜 A와 플랜 B가 닿지 않는 방향으로 대화가 흐르는 게 흥미로웠다. 남자 쪽도 그렇게 느끼는지는 알 수 없었지만.

눈발이 조금 잦아들었을 때 그들은 카페를 나서서 극장을 향해 걷기 시작했다. 남자의 직장도 집도 이 동네에 있었기 때문에 그는 괜찮은 식당이 어디인지 좀 알았다. 어쩌면 그들이 영화를 본 후에 들어가게 될지도 모르는 식당들을 지나치는 동안 눈사람을 둘이나 만날 수 있었다. 눈사람이 되어가는 과정까지 포함하면 그 이상일 수도 있었다. 남자는 다시 그 지반이 약한 세계에 대해 말했다.

"땅이 아래로 계속 내려가면, 그럼 눈사람을 어떻

게 만들어요?"

"눈사람이요?"

지반, 열선, 아이젠에 이어서 눈사람이라니. 여자가 미끄럼 방지 차원에서 떠올려본 세계가 또 하나의 과제와 당면한 셈인데, 여자는 얼른 방법을 찾을 수 없었다. 장갑 낀 손으로 지붕의 눈을 쓸어 모으는 상상을 했지만 땅이 아래로 내려가는데 지붕만 허공에 있을 수는 없는 노릇이었다. 나무도 그랬고 계단도 그랬고 의자와 자동차도 그랬다. 모든 것은 땅에 무게를 두고 있으니 눈과 닿을 수 없었다. 남자가 다음 말을 하기 전까지는 분명 그랬다.

"그럼 허공의 눈을 모아 눈사람을 만들어야 하겠네요?"

"허공의 눈을 모아요? 어떻게……기계로 빨아들여요?"

"아뇨, 이렇게요."

남자는 가볍게 뛰어올라 허공의 눈을 손으로 휘어잡으려 했다. 손끝에 닿은 눈은 방향성을 상실한 채 다시 위로 올라갔다.

"모기 잡는 것 같은데."

여자의 말에 남자가 웃었다. 허공의 눈을 모아 눈사람을 만든다는 건 이미 후 불어버린 비눗방울을 다시 잡아 뭉치는 것과 비슷해 보였다. 비눗방울은 서로 몸이 닿으면 터지고 모기들은 뭉쳐지지 않는다는 걸 그들이 모르는 건 아니었다. 단지 지금은 허공의 무언가를 포착하는 순간에 대해, 그 순간의 율동성에 대해 말하고 있을 뿐. 남자는 계속 허공에서 눈을 모은다는 게 어떤 것인지를 보여주려고 했고 눈을 손안에 넣을 수도 있었지만, 눈사람을 만들 만큼 크게 뭉쳐지진 않았다. 손안의 눈은 곧 녹아버렸다.

여자는 어젯밤에 접속했던 카페 이야기를 꺼냈다. 회원 수가 300만 명쯤 되는 카페였고 매일은 아니지만 생각날 때마다 여자가 종종 기웃거리는 곳이었다. 퇴근길 지하철이나 잠들기 직전 카페에 들어가면 곧 사라질 것이라는 전제하에 올라오는 글들이 많이 보였다. 어떤 사람들은 제목에 '펑'예 혹은 '펑 예정' 등을 써넣어 이 글이 시한부임을 알렸다. 여자는 그런 글만 골라 읽었다. 금방 사라질 글들이 계속 남아 있을 글보다 더 재미있어서였다. 자극적인 얘기도 있고, 곧 사라질 글이라는 점에서 더 자극적으로 느껴지는 건지도 몰랐다. 검색 창에 '펑예'라고 입력하면 금방 사라질 글들이 서둘러 소환되었다. 소개팅, 성생활, 유산 상속, 층간 소음, 이혼 결정, 직장 내 왕따와 학교 폭력, 재테크 등 다양한 분야의 고민들이었다. 이미 내용이 '펑' 된 상태로 제목과 댓글만 남은 경우도 있었다.

어떻게 보면 그런 '펑예'도 허공의 눈과 비슷한 거라고 여자는 말했다. 제목에 시한부임을 밝히고 글을 쓰는 사람들에게 너무 단단한 지반은, 어딘가 뿌리를 내리고 보관될 위험이 있는 지반은 부담스러우니까. 남자는 어떤 느낌인지 알 것 같다고 말했다. 사내 게시판에도 종종 그런 글이 올라온다면서. 여자는 당신과의 이야기도 그렇게 허공에 머문 적이 있었다는 건 말하지 않았다. '착각일까요? 조언 구합니다(펑예)'라는 제목을 달고 올라왔다가 10분 만에 사라진 그 글말이다. 그들의 이야기는 600번이 넘게 조회되었다. 조회 수가 그렇게 높은 것에 비하면 댓글은 적은 편이었고, 높은 조회 수 때문에 결국은 예정보다 빨리 '펑' 되고 말았다. 지금은 흔적이 없는, 증발한 글 속에는 이런 내용이 있었다.

'1. 소개팅 한 날 안부 문자 주고받은 후에 사흘 동안 연락이 없어서 제가 먼저 연락했습니다. 약속 잡아 밥 먹고 차 마시고 헤어졌고요. 그다음에도 대부분 제가 먼저 톡을 보내요. 길게 보내진 않으려고 노력했고요. 고심해서 톡 보내면 답은 금방 오고. 전 마음이 좀 있는데 상대가 제게 호감이 없는 걸까요? (중략) 4. 제가 지난 금요일에 술을 많이 마셨는데, 다음 날 이 남자가 업무상 저희 집 근처를 지나면서(상대방은 토요일 오전에도 일해요) 숙취 해소 음료를 전해줬어요. 제가 술 먹고 머리 아프다고 했거든요(했나 봐요, 실은 기억이 가물거려요). 남자가 저희 동네 근처를 지나간다고 해서 가볍게 잠깐 보자고 했는데(원래 이날은 안 보기로 했었거든요), 저 기다리는 동안 숙취 해소 음료를 샀다면서 주던데요. 이런 것에 의미 부여하면 제가 너무 바보 같은 걸까요?'

댓글은 50개 정도 달렸고, 그 50개 중의 절반은 댓글에 대한 여자의 댓글이었으므로 타인의 의견은 스무 개가 조금 넘는 정도였다. 대부분 그 남자는 당신에게 관심이 없다는 의견이었다. 여자는 스무 개 조금 넘는 댓글 속에서 세 개의 소수 의견을 찾아냈고, 이 과정에서 사람들이 왜 '평예' 글을 쓰는지 알게 됐다. 모르는 300만 명을 대상으로 상황 요약을 한 후 조언을 구하는 심리를. 원하는 답을 그 300만 명 중의 누군가가 해줄 때까지 기다리고 싶은 것이다. 나 혼자가 아니라는 것을 확인받고 싶은 것이다. 다른 글들처럼 사연 속 인물들의 나이와 직업, 외모와 성격에 대해서도 몇 줄 적었다면 더 많은, 더 예리한 댓글이 달렸을지도 모르지만 여자는 정보를 더 노출하고 싶지는 않았다. 그만큼을 쓰면서도 떨렸으니까. 세 개의 소수 의견 중 하나는 '실제 이런 사람을 제가 만나봤습니다. 댓글들 보니 비관적인데, 사람 다 똑같은 거 아니에요. 그냥 성격이에요. 님이 리드하세요'였는데 그 글이 여자에겐 가장 도드라져 보였다.

그날 남자는 숙취 해소 음료를 내밀며 "요 앞에서 샀어요" 했지만 여자는 그 '요 앞'이 어디인지 찾을 수 없었다. 여자의 집 근처 편의점과 약국에서는 그 제품을 팔지 않았다. 처음에는 우연히, 나중에는 일부러 그 사실을 확인하게 됐다. 여자의 동네뿐 아니라 다른 곳에서도 '하늘 아래 맑은 엉겅퀴'를 파는 곳은 그다지 많지 않은 듯했다. 여자는 그 제품을 파는 가게의 분포도 같은 것을 알고 싶었고 조금은 발품을 팔아 더듬어봤다. 여자는 남자가 거짓말을 했을 가능성에 대해 상상해보았다. 요 앞에서 산 게 아니라 몇 시간 전에 이 숙취 해소 음료를 사고 다른 핑계를 대며 여자의 동네를 부러 거쳤을 확률에 대해서. 그렇게 믿어보고 싶었다. 여자는 오늘도 이 낯선 동네의 약국에 가서 '하늘 아래 맑은 엉겅퀴'가 있는지 확인하려 했던 걸 자신에게도 비밀로 하고 싶었다. 물론 여기에도 없었다.

첫눈은 두 사람이 극장을 지나 한참을 더 걷도록 부추겼다. 걷는 동안 네 명의 눈사람을 만났고, 그중에 세 번째로 마주친 이가 가장 멋쟁이라는 데 두 사람 모두 동의했다. 플라스틱 대야를 뒤집어 모자로 쓰고, 과일 박스 포장재로 쓰였던 망사 형태 스티로폼을 망토처럼 두르고, 노란색 노끈으로 망토를 고정한. 남자가 눈사람을 휴대폰에 담는 동안 여자는 그 눈사람의 코를 들여다보았다. 주둥이가 안쪽으로 쿡 박혀 들어가 밑바닥을 사람들에게 내보이고 있는 갈색 코를.

"보통 눈사람을 만들 때는 근처에 있는 걸 재료로

쓰겠죠?"

왜 이런 걸 묻는지 남자는 모르겠지만 여자는 눈사람의 코 위에서 어떤 글씨를 읽어냈던 것이다. '하늘 아래 맑은 엉겅퀴'라는 그 오돌토돌한 문장을 누군가의 코 위에서 읽어낼 수 있는 사람은 많지 않을 거라고 여자는 생각했다. 그걸 보고 갑자기 설레는 사람도 많지 않을 거라고. 여자는 차분하게 더듬어보았다. 다른 동네에서 들고 온 숙취 해소 음료를 이 동네에 와서 마신 후 그걸로 눈사람을 만들 가능성이 얼마나 될까? 아니면 가방 속에 쓰레기를, 그러니까 빈 갈색 병 같은 걸 넣고 다닐 가능성은? 그러다 발 닿는 곳에 멈춰 서서 눈사람을 만들기도 할까? 이렇게 다소 부자연스러운 동선들을 제외하면 결국 이 근처에서 '하늘 아래 맑은 엉겅퀴'를 판다는 얘기가 되니까 여자는 들떴다. 여긴 남자의 동네고, 그건 지난 토요일 이 남자가 동네에서 숙취 해소 음료를 산 후 차로 한 시간을 이동해 여자의 집 앞에 왔다는 얘기일 수도 있으니까. 아닐 수도 있지만 그럴 수도 있으니까.

지금 방향을 틀어 극장 쪽으로 다시 돌아간다고

해도 예매한 영화의 도입부를 보지 못할 수 있었다. 남자는 여전히 지반이 약한 세계에 대한 질문을 했고, 여자가 툭 내뱉은 세계는 그렇게 묻고 답하는 과정에서 조금씩 견고해졌다. 이런 세계와 별개로 그들의 신발 앞코는 이미 눈에 젖어 있었다. 아무래도 눈이 많이 쌓일 것 같다고 남자가 말했다. 그러니 정말 아이젠이라도 사러 가겠느냐고. 여자는 상관없다고 말했다.

"아이젠을 사도 상관이 없다고요?"

"아이젠부터 빙판길까지 다 상관없습니다. 첫눈이잖아요."

여자는 씩씩하게 대답했다. 땅이 얼어붙고 점점 까매지는 건 싫지만 첫눈과 크리스마스는 예외라고도 했다. 여자가 나란히 늘어놓은 두 단어가 마치 이정표 같은 역할을 했고, 그들은 곧 크리스마스에 대해 말하게 되었다. 그러는 동안 아까 봐둔 간판들과 극장, 머물렀던 카페로부터 점점 멀어졌다.

여성의

신

비

-윤이형

1976년 서울 출생. 2005년 중앙신인문학상으로 등단. 소설집『셋을 위한 왈츠』『큰 늑대 파랑』『러브 레플리카』, 중편소설『개인적 기억』, 청소년 소설『졸업』, 로맨스 소설『설랑』등이 있다.

그러니까, 속껍질은 그대로 두고 겉껍질만 벗겨 낸다는 거지.

지혜는 금속 볼 안에 가득 든 불린 밤을 노려보다 가 칼을 꺼내 왔다. 과도를 든 손이 미세하게 떨렸다. 국자, 믹서기, 에어프라이어, 밀대, 감자칼……. 복직 해 출근한 뒤로 손을 전혀 대지 않은 주방 용품들이 일제히 이쪽을 경계하며 술렁거리기 시작하는 것 같 았다. 뭘 하려고? 넌 우리를 미워하잖아.

마지막으로 칼을 잡아본 게 언제였더라? 물론 지 혜는 그날을 똑똑히 기억했다. 저기, 싱크대 앞에 서 있었다. 잡히는 대로 빼 든 식칼 끝을 자신의 목에 겨누고, 영화 주인공처럼.

경력 단절 8년. 2년은 잘되지 않는 임신을 준비하느라, 6년은 아이들을 키우느라 집에 있었다. 그 과정에서 머리뼈에서 치아, 발끝에서 머리카락 끝, 마음속 기대와 갈망과 기쁨이었던 것들의 끝의 끝의 끝까지, 지혜를 이루는 성분은 완전히 변했다. 모교 선배에게 기적적으로 연락이 와서 소개받은 재단 면접까지 보고 온 날이었다. 지혜는 축하주를 들고 싶었는데 남편의 입에서는 한숨과 함께 이기적이라는 말이 튀어나왔다. 어떻게 네 생각만 하니. 7시 퇴근이고 밤에 행사도 자주 있으면 금아, 은아는? 몇 시까지 어린이집에 두게?

사주나 타로를 보러 가든, 심리검사를 받든 사람들은 같은 말을 하며 눈을 동그랗게 뜨고 지혜를 보았다. 남자 때문에 꿈이 꺾이는 걸 도저히 못 견디는 성격이네요. 그걸 견디다간 엄청난 일이 생기겠고. 그럴 때마다 지혜는 반문하고 싶었다. 저 지금 너무 잘 견디고 있는데 그러면 안 되는 건가요?

자신 안에 그런 부비트랩이 묻혀 있을 줄은 몰랐다. 두 번이나 복직 기회를 포기하고 남편에게 모든 걸 양보하는 동안 매설되고 정비되고 업그레이드된 거대 살상 무기였다. '이기적'이라는 단어를 듣는 순간 마지막 이성이 퍽 소리를 내며 날아갔다.

그래? 그럼 이기적인 김에 끝까지 가지 뭐. 쌍둥이 키워, 네 월급에 맞춰 1년에 한 번씩 옷 사고 2년에 한 번씩 미용실 가, 우리 엄마한테 돈 빌려, 집 알아보고 이사 다녀, 8년간 나 혼자 다 했어. 이제 그만하고 싶네. 애들이랑 셋이서 시체 잘 치우고, 장례 잘 치러.

목에 댄 칼날을 누르려는 지혜 앞에 남편이 무릎을 꿇었다. 일을 다시 하기 위해 자살극까지 벌여야 하다니, 지혜는 어이가 없었다. 하지만 아직 여섯 살인 쌍둥이 문제는 해결할 방법이 없었다. 결국 예전부터 종종 구원의 천사 역할을 했던 친정 부모님께 맡기고 복직하게 되었다. 연로한 두 분으로 부족해 근처에 사시는 이모의 도움까지 얻어야 했다. 정말 이렇게까지 해야겠니? 네 능력에 이렇게까지 할 가치가…… 있어? 그건 남편이나 다른 누구의 말이 아니라 주말에 보러 갔다가 헤어질 때면 서럽게 우는 아이들의 얼굴을 볼 때마다 칼끝처럼 속을 후벼 파는 지혜 자신의 질문이었다.

막상 다시 시작한 직장 생활은 예전 같지 않았다. 노인 복지에 관련된 일을 하는 줄 알았던 재단은 알고 보니 어느 종교 단체의 회계를 담당하는 곳이었다. 매일 엄청난 액수의 돈이 나이 많은 부자들의 주머니에서 나와 신의 살아 있는 후계자라는 교주의 동상과 기념관을 짓는 데 들어갔다. 지혜는 주로 엑셀에 숫자들을 적어 넣거나 홍보 예산을 짰고 가끔 신도들의 정기 모임을 기획하는 일도 했다. 페이는 나쁘지 않았으나 기쁨은 없었고 가끔 너무 화가 났다. 저 돈이면 수백 명 한 달 치 밥값은 될 텐데, 저걸 저런 데 쓴다고? 점심시간이 끝날 무렵이면 지혜는 여행사 사이트에 들어가 가지도 못할 유럽과 아프리카 여행 상품을 검색하고 지도를 들여다보며 일정을 짜다가 묻곤 했다. 나 뭐 하지, 지금?

진한 갈색으로 윤기가 도는 밤 하나를 집어 들고 지혜는 조심스럽게 껍질을 벗기기 시작했지만, 여전히 손이 떨렸다. 뭘 해야 할지 모르겠으면 난 손을 써서 무언가를 만들어. 잡념이 없어지고 부정적인 생각이 날아가거든. 쓸모도 있고 말이야. 슬기는 늘 그렇게 말했다. 베란다 텃밭에서 상추와 당근과 허브를

길러 샐러드를 만들고, 멋진 장식이 되어 있는 재봉틀로 큼지막한 티셔츠와 벙벙한 바지를 손수 만들어 딸에게 입혔다. 봄에는 어디선가 따 온 꽃잎으로 진달래 화전을, 가을에는 전어무침을 해서 친구들을 초대해 나눠 먹었다. 그걸로 모자랐는지 머랭과 와플, 레몬청, 연어장, 딸기잼, 심지어는 마라샹궈와 꿔바로우, 냉면과 팥빙수 같은 고난이도 메뉴에다 커다란 생크림 케이크까지 만들어 여기저기 선물하곤 했다. 친구가 정성을 담아 만든 음식은 귀하고 고마웠지만 지혜는 그것들을 받을 때마다 예전에 읽은 어느 책의 내용이 떠올랐다. 만연한 데다 개선의 기미가 없는 불평등 때문에 사회생활에서 만족을 느끼지 못하고, 환경호르몬의 증가 등으로 공장에서 만들어진 제품에 불신과 회의를 품게 된 여성들이 어차피 임금도 낮고 성취감도 주지 못하는 직장을 그만두고 집으로 돌아가 모든 것을 손수 만들어 쓰고 먹는 것으로 자부심을 느끼며 주부의 역할을 자처하게 된 2000년대 초반의 경향을 분석한 책이었다.

슬기는 대학 친구였다. 지혜와 슬기, 슬기와 지혜. 어떻게 같은 과에, 이름까지 뜻이 같은 둘이, 단짝이 되기까지 해? 사람들은 그렇게 놀라며 부러워했다. 둘은 졸업한 후 각자 다른 회사에 들어가며 연락이 끊겼다가 삼십 대 후반이 되어 드넓은 SNS 바다한 귀퉁이에서 다시 만났다. 마음이 통하는 사랑스러운 분신, 지혜가 잘됐을 때 축하해주고 못난 짓을 했을 때 꾸짖어주는 유일한 친구, 어떤 험한 일을 당해도 코를 훌쩍이며 전화해 숨김없이 털어놓을 수 있는 한밤의 핫라인 담당자……였던 슬기는 이제 셰프이자 수공업 장인처럼 보였다. 그리고 지혜는 다시 만난 절친이자…… 열등감 가득한 관객이 되었다.

아이가 어느 정도 커서일까. 슬기의 얼굴과 말투에는 여유가 묻어났다. 지혜는 슬기의 자부심이, 슬기가 만들어 찍어 올리는 사진 속 털장갑과 로스트 치킨에서 새록새록 묻어나는 생기가, 고통이라고는 묻어 있지 않은 순도 100퍼센트의 즐거움이 부러웠다. 물론 고통이 없었을 리가 있겠는가. 중학생이 된 딸 희주가 예민한 성격 때문에 어려서부터 제법 힘든 스타일이었다고 했다. 그러나 결국 자신의 역할을 긍정하고 잘할 수 있는 일에 집중함으로써 건실하게 하루하루를 꾸며가는 생활인이 된 것처럼 보이는 슬기와는 달리, 지혜의 내면은 불만과 자괴감으로 터질 것 같았다.

왜 나는 이것도 저것도 잘해내지 못할까. 이렇게 쪼개질 것처럼 피로하고, 아이까지 미친 척 떼놓았으면, 보람이라도 좀 있든지, 즐겁든지 해야 하는 거 아냐? 가까운 사람들과 있을 때면 지혜는 목소리가 커지는 분위기 메이커였다. 하지만 늦은 밤 방에 혼자 있을 때는 자신이 자격 없는 엄마이자 회사에 있어도 없어도 크게 상관없는 나이 든 직원, 형편없는 아내, 무엇보다 자기 자신을 맹렬히 혐오하는 사람처럼 느껴졌다.

간신히 겉껍질을 벗겨내고 실처럼 생긴 심까지 제거하는 동안 손가락 하나에 칼이 스쳐 피가 났고 팔이 떨어질 듯 저렸다. 지혜는 베이킹 소다를 푼 물에 밤을 담가놓고 침대로 가 까무러치듯 쓰러졌다.

저거 진짜 천상의 맛이야, 보늬밤. 만들기 정말 힘든데 딱 들인 만큼의 맛이 난다? 만든 자신을 사랑하게 돼.

극장에서 <리틀 포레스트>를 보고 있을 때였다.

주인공 김태리가 밤을 손질하는 장면을 보던 슬기가 옆자리에서 논평하듯 길게 속삭였다. 그렇구나, 지혜는 고개를 끄덕였다.

이마에 땀이 배어나기 시작했다. 워낙 존경하는 임순례 감독의 영화라 아무런 사전 정보 없이 보러 왔다. 영화 자체는 나쁘지 않았다. 배우들의 연기도, 연출도 흠잡을 데가 없었다. 바쁘게 일하며 제대로 된 식사를 하지 못하는 청년들의 허기를 위로해주려는 것처럼 처음부터 끝까지 손으로 정성 들여 음식을 만들어 나눠 먹는 장면으로 채워진 그 영화에 무슨 죄가 있겠는가.

하지만 지혜는 요리라면 치가 떨렸다. 정말로, 속이 부대끼고 식은땀이 났다. 퇴근하고 돌아오면 집에 있는 가스레인지나 냄비는 물론이고 밥그릇 국그릇을 보기만 해도 신물이 올라와, 저녁은 언제나 밖에서 먹거나 시켜 먹었다. 뒤늦게 반성한 남편이 요리를 해서 가져오기도 했지만 지혜는 프라이팬에서 무언가가 볶이거나 구워지는 소리와 냄새를 참을 수가 없었다. 한때는 지혜 역시 알고 있던, 손으로 싱싱한 식재료를 만질 때의 건강한 감각, 쓸모 있는 무언가를 만들어낸다는 느낌, 함께 나눠 먹는 음식의 정겨움과 따스함…… 같은 것 전부가 내면의 부비트랩이 폭발할 때 흔적없이 날아가버렸다. 지혜는 누가 요리하는 걸 보는 게 싫었다. 빨래를 하는 것도, 아이를 돌보고 살림을 꾸리는 것도, 그러면서 즐거운 표정을 짓는 것도 모두 견딜 수가 없었다. 수년간 일방적으로 혼자서 해야 했던, 아무도 도와주지 않던, 그리고 이제는 지혜의 무능함을 사사건건 일깨우는, 손으로 하는 그 수많은 일들. 그런 걸 하면서 잊어? 뭘 잊어? 모든 게 결국 내가 한 선택이고 비난할 사람은 나밖에 없다는 사실을?

개인적 불행 때문에 실례를 범하고 싶지 않아 울렁거리는 속을 참다가 영화관을 나오는 길에 눈앞이 캄캄해졌다. 지혜는 다리에 힘이 풀려 주저앉았다. 집에서 종종 그랬듯 숨이 가빠지고 보이지 않는 물속으로 혼자 가라앉는 느낌이 온몸을 감쌌다. 왜 그래? 놀란 얼굴로 묻는 슬기에게 지혜는 숨을 몰아쉬다 결국 한마디 하고 말았다. 너는 저런 게 즐겁니? 뭐가 그렇게 즐겁니?

밤이 끓는 냄비에서 짙은 적갈색 거품이 뭉게뭉

게 솟아올랐다. 악마의 목구멍에서 나오는 것처럼 저열하고 악해 보였다. 거품을 걷어내도 걷어내도 이물질이 계속 올라왔다. 지혜는 밤이라는 식물을 다시 생각하게 되었다. 그렇게 매끈하고 윤기 나고 달콤한 겉모습 속에 이런 걸 숨기고 있었어?

슬기에게 들었으나 어느 결엔가 잊어버린 수많은 이야기가 뒤늦게 떠올랐다. 처음이자 마지막으로 다닌 직장에서 슬기가 상사로부터 오랫동안 스토킹에 가까운 플러팅을 당했다는 것, 참다못해 그만두고 엄마가 된 뒤에는 다시 일할 엄두가 나지 않았다는 것, 그래도 안간힘을 써서 겨우 출근할 자리를 찾았지만 이번에는 시간과 페이가 맞는 베이비시터를 찾을 수 없었고, 스무 명 면접을 본 끝에 겨우 찾아낸 마지막 시터가 슬기네 집 고양이를 보고 욕을 하며 펄쩍 뛰는 바람에 일자리를 포기할 수밖에 없었다는 것. 딸이 정서 불안 증세를 보이며 몇 번인가 등교를 거부해 속을 태웠다는 것.

마음이란 얼마나 허약한지. 한 몸으로 여러 개의 역할을 하며 살아내야 하는 처지도 같고, 능력만큼 대접받지 못하는 것도, 언제나 시간이 부족해 발을 구르는 것도 똑같은데. 너의 과거가 내 현재이고, 내 현재가 다시 너의 미래가 될 수도 있으며, 그런 서로에게 굳은 의리를 느끼는 것도 사실인데. 그런데 끝없이 서로의 현재를 비교하고 다른 점을 찾아내려 한다. 너의 행복을 나의 불행으로, 너무도 쉽게 치환해버린다. 나보다 즐거운 너를 견딜 수가, 거리를 둘 수가, 없다. 지혜는 슬기에게서 부정하고 싶은 자신의 과거만을 보느라 지금 빛나는 그 애의 모습을 보지 못한 자신이 끔찍했다.

나는…… 그냥, 저걸 한 알 먹으면 모든 걸 잠깐 잊을 수 있는 맛이 난다는 걸, 그런 게 있다는 걸 너한테 알려주고 싶었어. 그래, 내가 집안일에 미친 것 같아서 너는 한심했구나, 내내.

슬기의 말이 잊히지 않았다. 그런 게 아니야…… 말하고 싶었지만 나오지 않았다. 그다음 날 지혜는 모든 SNS 계정을 닫았다. 미움이 아니라 부끄러움 때문이었다.

그렇게 몇 달이 가고 한 해가 가고…… 다시 가을이 왔다. 지혜는 정신과 치료를 받기 시작했고, 일을 그만두는 대신 회사를 옮기기로 마음먹었으며, 남편과도 다시 조금씩 대화를 나누게 되었다. 하지만 슬기를 생각하면 새까맣게 타고 남은 재, 과육에서 벗겨져 나와 수챗구멍에 들어간 껍질 같은 것들만 떠올랐다.

그런 식으로 끊어지는 관계도 있어. 아니, 사실은 많지.

본의 아니게 이것도 저것도 결국 잘해낼 수밖에 없게 된, 사실은 하나도 부족하거나 무능하지 않은 여자들끼리 그런 일로 연락을 그만두게 되기도 한다는 건 얼마나 이상한가. 이제 지혜는 거기까지는 생각할 수 있었다. 그러나 거기까지였다. 어떤 나이를 지나면 돌아오지 않는 것들이 세상에는 더 많다는 것을 수긍하게 된다.

출퇴근을 하면서 꼬박 사흘, 설탕과 와인을 넣고 세 차례 졸인 끝에 보늬밤이 완성되었다. 다 만들고 보니 영화에서와는 딴판으로 속껍질이 여기저기 부서졌고 너무 끓여서 탄 데도 군데군데 눈에 띄었지만 이상하게도 생각만큼 어렵지는 않았다. 더 이상은 토할 것 같지도 않았고…… 땀이 나지도 않았다.

하지만 두 번은 못 하겠어. 처음이자 마지막이야, 이건. 지혜는 생각했다. 금아, 은아는 조만간 다시 데려와 키워야겠지만, 앞으로도 살림과 요리는 하고 싶지 않았다. 그냥 그 영역은 지혜의 삶에서 떨어져 나가버렸다. 그러니까 이건 미련. 슬픔도 아쉬움도 다 날아가고 남은 그냥 미련. 서로의 차이보다 소중했던 공통점을 위해, 꼭 한 번은 노력이라는 것을 해보고 싶다는 억지스러운 자기 증명 그 이상도 이하도 아닌.

유리병 가득 밤을 눌러 담았다. 잘 지내냐고 묻고 싶었고, 잘 지내기를 바랐다. 마지막으로 슬기를 만나 사과를 하고 마음을 털어놓은 날을 지혜는 여전히 기억했다. 슬기는 조용한 얼굴로 말했다. 응, 괜찮아, 이해했어. 지혜야, 그건 네 잘못이 아니야. 네가 힘든 건 그동안 하나도 도와주지 않은 사람들 잘못이니까, 뭐든 무리해서 극복하려고 하지는 말았으면 좋겠다. 그런데…… 우리 당분간 조금 거리를 두고 지내는 게 어떨까? 그냥 앞으로도 사사건건 부딪치고 정말로 하고 싶은 말은 서로 못할 것 같아서…….

슬기는 말을 이었다. 사실은 자신 역시 지혜가 부러웠다고.

나의 무엇이?

네가 사무실에서 하는 회의, 혼자 먹는 저녁, 그냥 그런 거? 너의 깊은 생각, 네가 쓰는 문장들, 네가 읽는 책, 가끔은 네 외로움까지도. 네가 가졌고 별로 좋아하지 않지만, 내겐 없는 것들이. 내가 불안 증세 때문에 요리를 계속하는 건 아니?

아니, 몰랐어.

나도 너랑 같았는데 너랑은 반대 방향으로 갔어, 지혜야. 옛날에 독박 육아 하면서 공황 증세가 심했었는데 요리를 하면서 조금씩 회복됐거든. 그래서 손으로 뭐 만드는 데 좀 병적으로 집착하게 됐어. 뭐 그런 거야. 남들한텐 자랑하지만 사실은 안간힘이고 발버둥인 거. 그래서 지적당하면 미치는 거. 슬기는 웃었다. 너를 좋아하는 만큼 자꾸만 골똘히 들여다보게 되고 우리의 다름에 대해 계속 생각하게 되더라. 참 바보 같긴 한데……, 나는 이제 이런 나를 바꿀 수가 없고, 그러면 계속 너를 건드리게 될 것 같아. 가끔은 그런 생각도 했다? 은근슬쩍 너를 화나게 하고 싶다고 말이야. 너보다 행복하다고 나를 과시하고 싶었어. 그런 나를 못 견디겠더라.

…….

 내가, 조금 더 건강해지고 덜 못나지면 연락할게. 그때 꼭 다시 만나자, 미안해.

 더 할 말은 많지 않았다. 그래서 그들은 그러기로 했다. 세상에 엄연히 존재하는 불공평함에서 시작된 성난 마음을 딛고 언제가 되든 각자의 방식으로 자신을, 서로를 조금 더 좋아하는 법을 배우기를 바라며. 온갖 불순물과 이물질이 날아가고 말갛게 남은 진실의 모양새는 그랬다. 지혜는 이제 그것을 똑바로 볼 수 있었다. 어떤 상처는 아무는 데 한참이 걸리고 자신은 그렇게 빨리 성장할 수 없으며 어떤 방향으로든 억지로 성장하고 싶지 않다는 사실 또한.

 그래도 보늬밤 한 병은 만들었다. 불가능해 보였지만 할 수 있었다.

 달콤한 향이 나는 국물을 병에 따르면서 지혜는 조금 웃었다. 슬픔도 기쁨도 아닌 그저 그리운 감정에 사로잡힌 채. 바보, 그냥 한번 꽉 안아줄 걸 그랬지. 그러고는 병뚜껑을 닫으려다 그제야 생각이 나 맨 위쪽에 담긴 밤 한 알을 입에 넣어보았다.

다시 ____ 봄

-이기호

1972년 강원 원주 출생. 1999년 《현대문학》 신인추천으로 등단. 소설집 『최순덕 성령충만기』 『갈팡질팡하다가 내 이럴 줄 알았지』 『김박사는 누구인가?』 『누구에게나 친절한 교회 오빠 강민호』, 장편소설 『사과는 잘해요』 『차남들의 세계사』 등이 있다. 2010년 이효석문학상, 2013년 김승옥문학상, 2014년 한국일보문학상, 2017년 황순원문학상, 2018년 동인문학상을 수상했다.

그는 아들과 함께 터덜터덜 임대 아파트 정문 밖으로 걸어 나왔다. 정문 옆 목련 나무가 가로등 불빛에 흰히 제 모습을 드러내고 있는 것이 보였다. 목련 꽃은 빨리 지기도 하지. 어느새 꽃잎들은 하얀빛을 잃고 젖은 수건처럼, 말린 가지처럼 축축 늘어져 있었다. 그는 마을버스 정거장 쪽으로 걸어가다가 문득 지갑을 갖고 나오지 않은 것을 깨달았다. 주머니엔 신용카드 한 장과 영수증 한 장이 전부였다. 그의 신용카드는 교통 카드 기능이 따로 없었다. 오래전 발급받은 신용카드였기 때문이다. 그는 다시 집으로 돌아가려고 하다가 옆에서 고개를 푹 숙인 채 걷고 있는 아들의 뒤통수를 보았다. 그냥 걸어가지, 뭐. 그는 마음속으로 그렇게 결정했다. 걸어가면 한 30분쯤 걸리려나? 그는 괜스레 그것이 아들의 마음을 더 위하는 길이라고 생각했다. 그는 아무 말 없이 마을버스 정거장 옆을 지나쳤다. 아들은 아무 말도 묻지 않고 그를 따라 걷기만 했다. 초등학교 4학년 아들의 양 손엔 커다란 레고 박스가 들려 있었다. 시간은 밤 10시를 넘어서고 있었다.

그는 어젯밤, 사소한 사고를 저지르고 말았다. 시내 변두리 한 물류 센터에서 일하는 그는, 오랜만에 직장 동료들과 회식을 했고, 이른 회식이 끝난 후 조금 불콰해진 얼굴로 마을버스를 기다리다가 느닷없이, 거의 충동적으로, 바로 길 건너편에 있는 대형 마트 안으로 휘적휘적 걸어 들어갔다. 일주일 전이었던가, 아내와 아들과 장을 보러 나왔다가, 아들이 레고 코너 앞에 오랫동안 서 있던 것이 기억났다. 왜? 이거 갖고 싶니? 그는 장난스럽게 아들의 어깨를 퉁 치며 물었다. 그러곤 거의 동시에 아들이 보고 있던 레고 박스의 가격표를 바라보았다. 29만 9천 원. 그는 좀 당황했지만, 당황한 모습을 들키지 않으려고 일부러 두 다리에 힘을 주었다. 아들이 그의 얼굴을 바라보며 웃었다. 이건 거의 우리 집 한 달 월셋데? 아들은 그러면서 통, 제 어깨로 그의 허리께를 부딪쳐 왔다.

솔직히 그렇게 지나가버린 일인 줄 알았다. 그러니까 그 자신도 어젯밤, 자신의 행동을 제대로 이해하지 못했던 게 맞았다. 그는 그 레고 박스를 신용카드로 구입하면서도 어쩐 일인지 조금 화가 나 있었다. 머릿속에선 자꾸 반복, 반복, 이라는 단어가 떠올랐다. 봄이 다시 돌아오고, 또 봄이 돌아오고, 자신의 아버지가 그랬던 것처럼 그 또한 그렇게 버스를 타고 출퇴근을 할 것이고, 늘 집세와 생활비를 마련하느라 진땀을 뺄 것이며, 어쩌다가 봄 점퍼 한번 구입할 때마다 이것저것 많은 것을 고려할 테고, 그러다가 다시 어느 봄이 돌아오면 허망하게 몸이 아파오겠지……. 그는 계속 그런 생각을 했던 것 같다. 기껏 아들에게 레고 하나 사주면서 그런 생각을 반복하는 자신이 못 미더워, 그는 자신에게 더 화를 냈다.

그는 사거리 신호등을 기다리다가 슬쩍 아들에게 말을 걸었다. 정후야, 우리 이거 바꾸지 말까? 그의 아들이 건너편 신호등을 바라보며 말을 받았다. 안 바꾸면? 집에 안 들어가려고? 그의 아내는 바로 오늘 저녁에서야 레고 박스의 정체를 눈치챘다. 2년 전부터 학습지 교사로 일하고 있는 그의 아내는, 함께 저녁 식사를 하지 못할 때가 많았다. 한밤중, 잠에서 깨어보면 스타킹도 벗지 못한 아내가 침대 가장자리에 기절한 듯 잠들어 있곤 했다. 찜질방 같은 데 갈까? 거기서 자면 되지 뭐. 그의 아내는 레고 박스와 영수증을 그와 그의 아들에게 들려주며 당장 환불해 오라고 말했다. 당신이 지금 정신이 있어, 없어? 당신이 애야? 아내는 그렇게 말했다. 아빠는 찜질방에서 바로 출근해도 되지만, 나는 다시 집에 가서 책가방을 가져가야 해. 아들은 힘없는 목소리로 말했다.

그들은 횡단보도를 건너 걷기 시작했다. 정후야, 아빠 밉지? 그가 아들에게 물었다. 그러게, 왜 이런 걸 사 왔어? 내가 언제 사달라고 했나……. 그는 아들의 발걸음 속도에 맞춰 걸었다. 그냥 너한테 사주고 싶었던 거지, 뭐……. 그의 아들은 말하지 않았다. 그래도 봄이라서 걸어가도 안 춥다, 그치? 그가 그렇게 말한 순간, 그의 아들이 훌쩍훌쩍 울기 시작했다. 뚝뚝, 눈물방울이 레고 박스 위로 떨어졌다. 아들은 레고 박스 위에 떨어진 눈물방울을 계속 훔쳐내며, 그러면서도 울음을 멈추지 않았다. 그는 당황해서 어쩔 줄 몰랐지만, 그러면서도 또 한편, 어쩐지 이 풍경 자체가 낯익어, 그 자리에 가만히 서 있기만 했다. 그 또한 그렇게 울었던 봄밤이 있었다.

대
기
실

-이장욱

2005년 《문학수첩》 작가상으로 등단. 소설집 『고백의 제왕』『기린이 아닌 모든 것』, 장편소설 『칼로의 유쾌한 악마들』『천국보다 낯선』등이 있다.

대기실에는 베토벤 후기 현악 4중주가 흘러나오고 있었다. 원래는 에릭 사티나 앙드레 가뇽이 나와야 했다. 아무래도 편안하게 들을 수 있는 비지엠이 필요한 곳이니까. 그런데 베토벤 후기 현악 4중주라니. 좋은 음악이라는 건 알고 있지만 편안한 음악이라고는 할 수 없지 않은가. 베토벤에 이어 슈만의 유령변주곡이 흘러나오자 나는 눈살을 찌푸렸다. 이렇게 예민한 음악을 틀어놓다니 좀 어이가 없는 느낌이었다. 어째서 광기와 함께 생을 마감한 이들의 음악만 골라서 튼다는 말인가. 니체가 작곡을 했다면 니체의 음악까지 틀 기세였다.

아무려나. 이럴 때일수록 차분해질 필요가 있다. 나는 눈을 감고 열까지 세었다. 하나. 둘. 셋. 넷…… 아홉. 열. 나는 숨을 크게 들이마셨다가 천천히 내뱉었다. 그걸 세 번 반복했다. 가만히 눈을 떴다. 그러면 조금 전과는 다른 느낌, 다른 기분이 되는 것이다. 요즘 나는 그런 훈련을 하고 있었다. 감정을 자유자재로 변환하는 훈련. 이제 평화로운 음악이라고 생각하고 들으면 슈만의 곡도 평화롭게 느낄 수 있을 것이다. 하드록이나 헤비메탈조차 나른한 기분으로 들을 수 있을 것 같았다. 그렇다. 모든 건 마음에 달렸으니까.

나는 차분한 마음으로 대기실을 한번 둘러보았다. 확실히 이곳은 현대사회의 축소판이다. 그렇다고 생각한다. 현대인이라면 누구나 한 번쯤 이곳에 오게 마련이다. 나만 해도 대략 정상적인 사회생활을 하고 있지만 이렇게 대기실에서 순서를 기다리고 있지 않은가.

예전에는 신경정신과 진료를 무슨 큰일이라도 되는 양 생각하던 시절도 있었다. 이런 곳에서 진료를 받은 경력이 있으면 대개 쉬쉬 숨기고들 했으니까. 실제로 그런 경력이 드러나면 취업이라든가 승진에서 불이익을 받기까지 했던 모양이다.

하지만 지금은 상황이 많이 달라졌다. 치질 수술을 한다거나 치아 교정을 받는다거나 하는 정도로 받아들이는 것 같다. 민망한 데가 있기는 하지만 그렇다고 숨겨야 할 일은 아니다. 요컨대 일상화되었다는 뜻이다. 생각해보면 당연한 일이다. 오늘날 대도시의 삶은 매우 복잡하고 어지러워서 정신적으로 과부하가 발생하게 되어 있다. 그러니 내면의 사소한 트러블 정도는 감기 같은 것과 비슷한 셈이다. 감기 때문에 병원에 가서 약을 처방받아 먹는데 무슨 문제라는 말인가?

문제가 아닐 뿐만 아니라, 심지어는 자랑스럽게 생각하는 경우도 있는 것 같다. 가령 내가 근무하는 광고대행사의 오골계가 그렇다. 오골계라는 건 일주일에 다섯 번 정도는 꼭 골을 내는 우리 부장님 별명이다. 어느 회식 자리에서 그는 자기가 먹는 약을 과시하듯 털어놓은 적이 있다. 예전에는 바리움을 먹었는데 효과가 좀 별로야. 역시 신경안정제는 자낙스인가. 둘 다 부작용이 생각보다 심하더라구. 항불안제와 항우울제를 동시에 복용하면서 보내는 인생이라니.

오골계는 자기가 대학 시절에 『태백산맥』뿐 아니라 『카라마조프가의 형제들』까지 읽은 문학청년이었기 때문에 지금도 예민하고 섬세한 정신의 소유자라고 말했다. 그 말을 듣는 순간 구석 자리에 앉아 있던 인턴이 씹고 있던 어묵을 파, 하고 내뿜었다. 그의 입에서 음식물이 요란하게 튀어나오는 바람에 모두가 당황스러운 표정을 지었던 것은 물론이다.

얘기가 옆으로 샜는데, 사실 신경정신과 대기실에는 뭔가 미묘한 분위기가 있다. 다른 곳은 모르지만 이곳 박광수의원의 경우에는 확실히 그런 것 같다. 서로가 서로를 조금씩 견제하고 염탐하는 분위기랄까. 감추면서 서로 궁금해하는 분위기랄까. 공기 중에 뭔가 작은 물음표라든가 느낌표 같은 것들이 떠도는 기분이었다. 쉼표나 말줄임표 같은 것이 동동 떠다니는 느낌이라고 해도 좋았다.

나는 창가에 면한 검은 소파에 앉아 있었다. 대기실 풍경을 옆에서 관망할 수 있는 자리다. 내 등 뒤 통유리창 밖으로 을씨년스러운 초겨울 비가 내리고 있었기 때문에, 평일 오후의 대기실에는 무겁고 축축한 공기가 떠돌고 있었다. 대기실 중앙에는 검은 소파들이 텔레비전을 향해 세 줄로 배치돼 있었다.

맨 뒷줄에는 오십 대 정도로 보이는 중년 남자가 앉아 있었다. 그는 후줄근한 갈색 점퍼 차림으로 텔레비전에 시선을 두고 있었지만 방영 중인 뉴스를 보는 건 아닌 듯했다. 그저 보는 척하고 있을 뿐이다. 이럴 때 내 직감은 틀리는 일이 없다. 텔레비전에는 비트코인이 어쩌고 부동산 가격 폭등이 어쩌고…… 그런 이야기들이 흘러나오고 있었다. 중년 남자는 아무런 반응을 보이지 않았다. 요즘은 어딜 가나 저 얘기뿐이니 어쩔 수 없지. 그런 심드렁한 표정이었다. 간혹 창밖으로 시선을 돌리는 척하면서 주위를 살피는데, 그 순간의 눈빛만은 자못 예민했다.

그의 앞줄에 앉아 있는 여자는 나이를 가늠할 수 없었다. 스키 모자에 마스크를 쓰고 있는 데다 귀에는 이어폰을 낀 채였기 때문일 것이다. 누구에게도 얼굴이나 신원을 드러내지 않겠다, 누구와도 불필요한 대화는 하지 않겠다, 그런 의지가 확고해 보였다. 여자는 휴대전화를 들여다보고 있었는데, 아마도 SNS 타임라인의 상황을 예의주시하고 있는 것 같았다.

맨 앞줄에 앉아 있는 남자는 탤런트가 아닐까 싶

게 용모가 훤했다. 눈이 부리부리한 호남형에 키는 185가 넘을 것 같고 다리가 길었다. 앉아만 있는데도 무릎이 보통 사람보다 한 뼘은 높아 보였다. 게다가 아르마니 정장 코트를 입고 있었다. 대기실의 나른한 분위기에는 영 어울리지 않는 차림이었지만, 이런 것도 확실히 편견이겠지. 틀림없이 저런 사람일수록 약이 필요할지도 모른다.

사실 아르마니 남자는 몇 분 전부터 누군가와 통화를 하고 있었다. 내용으로 미루어 뭔가 세일즈를 하는 모양이었다. 이제 막 계약을 따내기 직전인 것 같았다. 네, 네, 사장님이 그렇게 판단하시면 제가 따라야지요, 그럼요, 그럼요. 아르마니는 꼭 필요한 말만 작은 목소리로 대꾸하고 있었다. 적절한 톤의 웃음, 여기가 공공장소임을 알고 있다는 듯 억제된 목소리, 그리고 입을 손으로 가린 채 통화하는 것까지. 상대에게 적대감이 없다는 것을 보이는 일이 몸에 밴 사람이 틀림없었다. 통화가 끝나고 종료 버튼을 누르자마자 그의 입에서 튀어나온 말은 이런 것이었다.

"아, 이런 씨발놈이."

낮은 목소리에 억제된 톤이었지만 신경정신과 대

기실의 고요한 분위기에 파장을 일으키기에는 충분했다. 뒷줄의 중년이 아르마니 쪽을 쳐다보았다. 나 역시 아르마니의 옆모습을 가만히 바라보았다. 중간에 앉은 여자는 이어폰 탓에 듣지 못한 듯 아무런 반응을 보이지 않았다. 중년과 나를 포함해서 대기실의 네 사람은 다시 정적 속으로 빠져들었다. 아, 아닌가. 다섯 사람인가. 그렇지. 한 사람이 더 있었다.

화장실에 들어가서 나오지 않는 것은 여든은 되어 보이는 노인이었다. 그는 질병이나 죽음에 대해 너무 오래 생각했기 때문에 노이로제에 걸린 게 틀림없었다. 혼자 앉아서도 뭔가 중얼거리는 품새가 딱 그랬다. 여기저기 아픈 몸을 갖게 되면 누구나 앓게 되는 우울증, 건강염려증, 친구들이 하나둘 죽어가고 이제는 만날 사람도 거의 없는 처지에 대한 비관, 아내와 자식들에게 느끼는 원망의 감정…… 등에 시달리는 것이 틀림없었다. 나는 이미 서너 번쯤 이곳에서 노인을 본 적이 있다. 아마도 노인은 나를 기억하지 못하겠지만.

오늘따라 환자가 많은 셈이었다. 수요일인데도 그랬다. 환자들은 월요일과 금요일에 집중된다. 나는 일부러 화요일이나 수요일에만 예약을 잡곤 했다. 사실 박광수의원은 예약을 하든 안 하든 큰 차이가 없는데, 언제 오든 그리 오래 기다리는 일이 없기 때문이다. 그런데 오늘은 나를 포함해서 무려 다섯 명이나 대기실에 앉아 있는 것이다. 시계는 오후 1시 40분을 가리키고 있었다.

이 병원의 점심시간은 12시 30분에서 1시 30분까지로 돼 있다. 10분이 지났지만 원장은 아직 진료를 시작하지 않은 듯했다. 이것도 일종의 서비스업인데 진료 시간 같은 건 잘 지켜줬으면 합니다. 나는 지난번에도 간호사에게 이런 의견을 전달한 바 있다. 자본주의 사회에서 이렇게 제멋대로 쉬고 제멋대로 일하면 어쩌자는 겁니까?……라고까지는 말하지 않았다. 원장 박광수 씨는 환자들 신경은 쓰지 않고 정말 제멋대로일 때가 많았다. 다른 병원들은 의사가 도시락 같은 것으로 점심을 때우면서 일한다고 하던데, 이 병원 원장은 그런 스타일이 아니었다. 사실 첫 대면부터 기분이 좋지 않았다. 김모 씨? 이름이 '모'예요, '모'? 그는 나에게 그렇게 물었다. 떨떠름한 표정으로 나는 고개를 끄덕였다. 의사가 환자 이름을 문제 삼다니. 외모나 몸무게 같은 걸 문제 삼는 인간들과 다를 게 뭔가. 나는 곧바로 병원을 바꿔야겠다고 생각했지만, 그 후로도 벌써 2년째 이 병원을 다니고 있다. 교통이 가장 편한 곳이었기 때문이다. 게으름은 치료가 안 된다.

원장 이야기가 나왔으니 말이지만, 박광수의원에서 심리 치료라든가 약물 치료가 가장 필요한 사람은 박광수 원장 자신이 아닌가 한다. 곰곰 생각해보면 당연한 일인지도 모른다. 신경이 날카로울 대로 날카로워진 사람들을 매일 만나야 하는 직업을 가진 사람이 정상일 수 있을까? 온갖 정신적 스트레스를 호소하는 사람들의 이야기를 듣는 게 직업이라면 나라도 뇌 어딘가에 이상이 올 것 같았다.

실제로 박광수 원장은 말을 할 때마다 왼손 검지를 파르르 떤다. 나는 그것을 놓치지 않는다. 아마추어의 입장에서 보더라도 저 정도의 신경계 이상이라면 치료가 쉽지 않다. 오랜 시간에 걸쳐 손상된 것이 틀림없었다. 게다가 요즘에는 체중이 많이 빠진 것 같았다. 매사에 흥미가 없고 식욕이 떨어져 있는 게 틀림없었다. 항우울제 복용이 필요할 텐데, 더 큰 문

이
장
욱

194
—
195

제는 원장 자신이 자신의 상태를 모르고 있는 듯하다는 점이었다. 원장에게 그 점을 지적하지는 않았다. 환자가 의사를 치료할 수는 없지 않은가.

아르마니 남자는 다시 휴대전화에 집중하고 있었다. 그가 내뱉은 욕설은 허공에 머물렀다가 공기 중으로 흩어졌다. 허공에는 물음표나 느낌표 대신 쉼표가 늘어난 것 같았다. 대기실은 아무 일도 없었던 듯 조용해졌지만, 뒷줄 소파에 앉아 있던 중년 남자의 자세에 미세한 변화가 있었다. 그는 자리를 고쳐 앉으면서 갈색 점퍼 안으로 손을 집어넣었다. 눈은 아르마니 남자를 노려보는 채였다. 점퍼 안쪽에 뭔가가 반짝이는 것을 나는 놓치지 않았다. 뾰족한 무언가가 점퍼 앞섶을 불룩하게 일그러뜨리고 있었다. 나는 눈을 가늘게 떴다. 저렇게 빛나면서 앞섶을 일그러뜨리는 것은 하나밖에 없다. 칼. 나는 확신했다. 둘째 줄 소파에 앉아 있는 여자는 음악을 듣는지 혼자 고개를 까딱이고 있었다. 아르마니 남자는 맨 앞줄에 앉아 휴대전화에 고개를 파묻고 있었다. 대기실의 공기가 팽팽하게 당겨졌지만, 아무도 그걸 인지하지 못하고 있었다. 나는 위기감을 느꼈다.

그때 뒤쪽의 화장실에서 노인이 나왔다. 노인은 소파 앞쪽으로 걸어갔다. 그러다 갑자기 중심을 잃고 비틀거렸다. 중년 남자의 발에 걸린 것이 틀림없었다. 스텝이 꼬인 노인이 "어!" 하고 외마디 비명을 지르는 순간, 앞줄에 앉아 있던 여자와 아르마니 남자가 동시에 고개를 돌렸다. 그 순간 맨 뒷줄에 앉아 있던 중년 남자가 점퍼 품에 넣었던 손을 번개같이 빼냈다. 아. 나는 직감적으로 상황의 위험성을 파악했다. 나는 벌떡 일어섰다. 내가 입을 크게 벌리고 소리를 지르려는 순간, 중년 남자가 노인의 팔을 거칠게 붙잡으며 말했다.

"아이고, 할아버지. 조심하셔야죠."

동시에 앞줄에 앉아 있던 여자가 귀에서 이어폰을 뽑으며 외쳤다.

"아빠!"

그리고 거의 동시에, 간호사가 벌떡 일어나 내 이름을 불렀다.

"김모 환자분!"

노인과 중년과 여자는 그대로 정지 자세가 되었다. 대기실 내부의 공기가 갑자기 딱딱하게 굳어버리기라도 한 듯이. 얼음땡을 하는 사람들처럼. 영화의 스틸 컷처럼.

"김모 환자분, 진료실로 들어가세요!"

노인과 중년과 여자가 정지 자세 그대로 서서 내 쪽으로 천천히 고개를 돌렸다. 인형이나 사이보그처럼 목을 삐걱삐걱 돌리는 것 같았다. 아르마니도 나를 멍하니 바라보았다. 나는 그들의 시선을 한 몸에 받으며 멍하니 제자리에 서 있었다. 한 손을 들어 허공을 가리킨 채였다.

여자가 나를 바라보던 시선을 노인 쪽으로 돌리며 말했다. 감정이 없는 어조였다.

"아빠, 이리 와. 다음이 아빠 차례야."

노인의 팔을 부축하듯 붙잡고 있던 중년 남자가 맥이 빠진 듯 손을 놓았다. 정지 자세에서 풀려난 노인이 옷매무시를 가다듬으며 말했다.

"아, 넘어질 뻔했네."

그리고 중년 남자를 바라보며 덧붙였다.

"고맙수. 젊은 양반."

나는 들었던 손을 천천히 내렸다. 마법에서 풀린 듯한 느낌이었다. 나는 아무 일도 없었던 듯 뚜벅뚜

벅 걸어서 대기실을 가로질렀다. 대기실 사람들의 시선이 내 얼굴로 몰려들었다. 나는 거대한 성문인 듯 양손으로 문을 밀면서 진료실로 들어갔다. 노크는 하지 않았다.

원장은 안락의자를 창 쪽으로 향한 채 앉아 있었다. 안락의자의 등받이가 컸기 때문에 원장의 모습은 보이지 않았다. 나는 환자용 스툴에 엉거주춤 앉았다. 그리고 원장의 뒷모습을, 아니 원장이 앉아 있는 커다란 등받이 의자의 뒷모습을 물끄러미 바라보았다. 원장은, 아니 의자는 미동도 하지 않았다. 커다란 통유리창 바깥으로 겨울비가 내리고 있었다. 어두운 빛이 진료실로 물처럼 젖어들고 있었다.

원장은 아직 식사 중이라고 생각했는데 언제 돌아온 걸까. 원장이 진료실로 들어가는 것도 보지 못했는데 대체 언제부터 여기 있었던 걸까. 환자가 들어왔으면 아는 체를 하고 진료를 시작해야 하는 것 아닌가. 김모 씨? 이름이 '모'에요, 모? 아직도 오골계가 미우세요? 오늘도 간호사에게 항의하셨나요? 여전히 사람들이 품속에 칼을 갖고 다닌다고 생각하세요? 니체도 작곡을 여러 곡 했는데 모르셨나 봅니다?

슈만은 슈만이고 헤비메탈은 헤비메탈이지, 대체 왜 헤비메탈을 자장가처럼 들으려 하는 거죠? 대체 왜? 왜?

그렇게 물어보기라도 해야 하는 것 아닌가. 하지만 원장의 회전의자는 꼼짝도 하지 않았다. 거무튀튀한 손이 팔걸이에 걸려 있고, 손가락 끝이 조금씩 까딱이고 있을 뿐이었다. 창밖에는 겨울비가 지치지도 않고 내리고 있었다. 사실 나는 언제까지고 기다릴 준비가 되어 있었다. 원장이 내 쪽으로 의자를 돌리고 진료를 시작할 때를 말이다. 그가 그 커다란 입을 벌리고, 빨간 혓바닥을 날름거리면서, 검고 깊은 목구멍으로부터, 이상한 질문을 쏟아낼 때를 말이다. 나의 기다림은 사실 아주 오래전부터 시작된 것이었다.

분실

물

-임현

1983년 전남 순천 출생. 2014년 《현대문학》 신인추천으로 등단. 소설집 『그 개와 같은 말』 등이 있다. 2017년 젊은작가상을 수상했다.

실제로 사라지는 것들은 더 많았다. 예를 들어, 채널을 바꾸려고 할 때마다 리모컨이 보이지 않았다. 나중에 다시 읽으려고 덮어둔 책이라든가, 오다가다 받은 명함을 어디에 두었는지 도무지 찾을 수 없던 적도 비일비재했다. 빨래를 정리하다가 양말 한쪽만 남는 일도 많았는데 그런 것 중 어느 것은 종종 의외의 곳에서 나타나기도 했다. 그런 생각으로 나는 오늘 아침, 신발장을 열어보았다. 혹시나 했으나 역시나 아니었다. 아무리 취중이라지만, 그런 곳에 둘 만한 물건 같지는 않았다. 그러면 어디에 있을까? 욕실과 베란다, 주방의 싱크대도 주의 깊게 살폈다. 바닥을 더듬고, 이불을 들춰보았으나 결과는 마찬가지였다. 그러니까 오늘 아침에는 안경이 사라져버렸던 것이다. 심각한 난시 탓에 안경이 없는 나는 정말이지 코앞의 것도 알아볼 수 없었다.

안경을 쓰는 사람들은 모두 동의하는 말이겠지만, 이게 여간 불편한 물건이 아니다. 한겨울 실내에 들어서면 뿌옇게 김이 서리기도 하고, 더운 날에는 콧등에 찬 땀 때문에 흘러내리기도 하고, 그럼에도 몸의 일부처럼 없어서는 안 되는 것이라, 이미 쓰고 있다는 것도 잊어버린 채 세수를 하는 바람에 미간에 상처를 남기는 일도 부지기수였다.

나는 안경이 있을 만한 곳 근처를 기어 다니며 손바닥으로 더듬었다. 그걸 어디에 뒀는지 전혀 기억이 나지 않았다. 평소라면 침대에서 손 닿을 만한 거리에 있는 탁자에 올려두었을 것이다. 그러나 전날 회식이 길어진 탓에 집에 도착했을 때는 씻고 어쩌고 할 겨를도 없이 쓰러지듯 잠들어버렸다. 외출복을 그대로 입고 있었던 것으로 보아 아마 안경도 벗지 못했을 가능성이 컸다. 잠결에 벗겨졌다면 어디 멀리 가지 않았을 텐데…….

때마침 휴대전화가 울렸다. 다행히 전화기는 바닥에 떨어진 외투 주머니에 들어 있었다. 나는 코앞에 그것을 가까이 대고 발신자의 이름을 확인했다. 양 부장이었다.

"출근하기 전에 먼저 들러야 할 곳이 있어. 계약서 하나만 받아 와. 중요한 거래처니까 실수하지 말고."

그러고는 문자메시지로 약속 장소라 생각되는 카페의 상호와 함께 주소를 보내주었다.

나는 뜨거운 물로 샤워를 하면서 안경이 있을 만한 곳을 생각했다. 이불 속 어딘가에 들어가 있는 게 아닐까. 침대 아래 떨어진 것일 수도 있었다. 혹시 부러지거나 깨졌으면 어쩌지? 당장 안경을 맞출 만큼 시간이 여유롭지는 않았다. 양 부장이 말한 거래처 사람을 만난 뒤, 안경점에 잠깐 들를 생각이었다.

약속 장소까지는 아주 멀지 않았으나 택시를 타고 갔다. 지하철을 타기에는 역까지 걸어가야 할 시간이 어중간했고, 버스를 기다리기에는 노선 번호를 제대로 확인하기 어려웠다. 더구나 나는 지금 내가 어떤 꼴을 하고 있는지조차 제대로 확인할 수 없었다. 택시를 잡는 동안에도 애를 먹었다. 빈 택시인가 싶어 손을 흔들면, 트럭이 내 앞을 쏜살같이 지나가기 일쑤였다.

　도착했을 때는 예정보다 조금 이른 시간이었다. 그럼에도 혹시 누군가 먼저 기다리고 있는 건 아닌지, 주변을 두리번거렸으나 나 말고 다른 손님이라고는 전혀 없었다. 나는 가장 눈에 띌 만한 테이블을 골라 먼저 자리를 잡았다. 곧이어 누군가 매장 안으로 들어왔다. 혹시, 내가 만나야 할 사람인가 싶어 나는 그쪽을 유심히 바라보았으나, 안경을 쓰지 못한 나로서는 무엇도 확신할 수 없었다. 어쩌면 카페의 점원일 수도 있었다. 아이를 안고 있는 여자일 수도 있고, 교복을 입은 중학생일 수도 있었다. 그런 생각으로 우물쭈물하는 사이 그 사람이 먼저 내 쪽을 향해 걸어왔다. 나는 오랫동안 그를 기다려왔다는 듯이 반갑게 맞이하며, 그와 가볍게 악수를 했다. 계약 건으로 나오신 게 맞냐는 말이 그의 입에서 흘러나왔을 땐 안심이 되었다. 그는 의자에 앉으며 하마터면 약속 시간에 제때 도착하지 못할 뻔했다는 말부터 꺼냈다.

　"실은 제가 오늘 아침에 안경을 잃어버렸거든요.

그걸 찾느라 한참을 헤맸습니다."

"아, 이런 우연이 있나. 저도 그랬습니다. 저도 오늘 아침에 그걸 찾느라 고생 좀 했거든요."

계약서를 사이에 두고, 우리는 우리에게만 우스운 이야기를 잠깐 떠들었다.

"혹시, 신발장은 찾아보셨습니까?"

내가 물었다.

"그럼요, 신발 속까지 하나하나 다 찾아봤는데 전혀 없더군요."

그는 아주 밝은 목소리로 대답했다. 그런 다음에 테이블 위로 몸을 기울여, 계약서에 서명을 했다. 그 순간, 우리의 거리는 전에 없이 가까워졌는데, 나는 어쩐지 그의 얼굴이 몹시 낯이 익다고 생각했다. 안경을 쓴 모습을 본 적은 없지만, 지금의 얼굴은 분명 낯설지 않았다. 물론 어디에서 만난 적이 있다거나, 내가 그를 이미 알고 있었다는 뜻은 아니었다. 그랬다면, 그걸 기억하지 못할 리가 없지 않나. 그는 다름 아닌 나를 아주 닮아 있었던 것이다.

뿌옇게 흐린 시야의 초점을 맞춰보려고 나는 눈가를 찌푸렸다. 그걸 보고 혹시 다른 의미로 오해할 것이 조금 염려되었으나 안경이 없는 우리에게는 아주 자연스러운 표정이었다. 나는 이 놀라운 사실을 그에게도 알려주고 싶었으나 중요한 거래처라는 부장의 말이 신경 쓰였다. 혹시라도 상대방의 기분을 상하게 할 말이 아닌가, 걱정이 되었다. 내가 뭐 뛰어난 외모를 지닌 것도 아니고, 그런 나를 닮았다는 말이 칭찬처럼 들릴 것 같지는 않았다. 그 순간, 휴대전화가 울렸다. 통화를 위해 나는 잠깐 양해를 구한 뒤 자리를 비웠다. 양 부장이었다.

"자네, 지금 어딘가? 왜 아직 약속 장소에 가지 않았어?"

나는 양 부장에게 지금 그 거래처 사람과 만나고 있다고 설명했다. 그러나 어떤 오해가 있었는지 내 말을 전혀 믿어주지 않았다. 그렇다면 방금 자기가 받은 전화는 무엇이냐며 오히려 내게 화를 냈다.

"아니, 지금 그 거래처 사람이 옆에 있다니까요?"

나는 그와 통화시키기 위해 자리로 돌아왔다. 그러나 어찌 된 일인지 그곳에는 아무도 없었다.

"자네, 내가 일러준 곳으로 찾아간 게 맞나?"

전화를 끊자마자 나는 매장 점원에게 양 부장이

내게 보내준 주소를 확인시켜 주었다. 한참을 들여다 보던 점원은 고개를 가로저으며, 그곳은 옆 건물이라 고 알려주었다.

그곳으로 서둘러 달려갔을 땐, 기다리는 사람이 라곤 아무도 없었다. 이미 자리를 떠난 뒤였다. 그렇 다면, 그는 누구지? 누구길래 나와 마주 앉아 계약서 에 서명을 했단 말인가? 나는 처음의 그 카페로 다시 돌아왔다. 그 사람은 물론, 계약서도 남아 있지 않았 다. 나는 점원에게로 가, 혹시 방금까지 나와 함께 있 던 사람이 어디로 갔는지 아느냐고 물었다.

"어떤 분을 말씀하시는 건가요?"

나는 그를 설명하기 위해 노력했다. 안경만 잃어 버리지 않았더라면, 더 정확하고 세밀한 묘사가 가능 했을 것이다. 역시나 점원은 좀처럼 애매한 나의 설 명에 선뜻 답하지 못했다. 다시 내가 말했다.

"그럼 내가 어떻게 보입니까? 나 말입니다. 나. 여 기에 나랑 아주 똑같이 생긴 사람이 있었거든요."

점원은 몹시 난처하다는 듯이 내게 사과를 했다.

"죄송합니다, 손님."

그러고는 아주 뜻밖의 소리를 하는 게 아닌가.

"실은 제가 오늘 아침에 안경을 잃어버렸습니다. 난시가 심하거든요. 지금 아주 가까운 거리조차 제대로 보이지 않습니다."

나는 당황한 표정으로 그 점원을 바라보았다. 점원은 내가 자신을 어떻게 바라보고 있는지 확신할 수 없을 것이다. 가늘게 눈을 뜨며 나는 그를 유심히 들여다보았다. 아마 그도 비슷한 표정으로 나를 보고 있을 것이다. 무엇보다 내가 알지 못한 사이, 매장 안은 손님들로 채워지고 있었다. 그들이 누구인지 나는 전혀 구분할 수 없었다.

이웃

-전성태

1969년 전남 고흥 출생. 1994년 《실천문학》으로 등단. 소설집 『매향埋香』 『국경을 넘는 일』 『늑대』 『두번의 자화상』, 장편소설 『여자 이발사』, 산문집 『세상의 큰형들』 『기타 등등의 문학』 등이 있다.

"정글의 법칙 기분 나겠는걸."

진우가 솔숲을 둘러보며 말했을 때 아들은 헤벌쭉 웃었지만 지영은 표정이 썩 밝지 않았다. 해변의 솔숲 야영지는 여름내 피서객들이 남기고 간 쓰레기로 지저분했고, 주차장 언저리에 설치된 분리 수거함은 넘쳐서 악취를 풍겼다.

"다들 왜 이렇게 사는지 몰라."

아내 지영이 중얼거렸다. 무엇보다 그녀는 키 큰 소나무 둥치마다 노끈이 묶여 너풀거리는 살풍경에 눈살이 찌푸려졌다. 야영객들이 텐트를 고정하고 빨래를 널면서 남긴 흔적들이었는데 알록달록한 노끈들이 너풀거리는 솔숲은 마치 성황당 같았다.

"이게 아닌데……."

지영은 인터넷 쇼핑몰에서 배달받은 비치드레스 택배 상자를 열었을 때처럼 연신 고개를 저었다. 이 휴가지는 그녀가 인터넷을 검색해 찾아낸 해변이었다.

지영이 진우의 손을 살짝 잡아당겼다.

"여보, 다른 데를 찾아보자."

솔숲 너머로 모래 해변과 썰물 진 바다가 보였다. 모래사장은 젖은 채 길게 펼쳐져 있었는데 길이가 300미터는 돼 보였다. 소수의 캠핑 마니아들에게 입소문이 날 만한 해변이기는 했어도 하루 두 번 드나드는 연락선에 차를 싣고 들어올 만한 곳인지는 의문이 들었다. 야영지의 무질서한 흔적으로 미루어 이 해변은 이제 대중 휴양지나 다름없었다. 그러나 8월 중순의 해변은 겨울 해수욕장처럼 한산했다. 해변의 펜션에 투숙한 두 팀의 가족들과 이제 막 도착해 솔숲 야영지에 텐트를 치려는 진우의 가족밖에 없었다.

이윽고 야영장 관리인이 펜션 쪽에서 나타났다. 관리인은 사십 대의 여자였는데 허리에 전대를 차고 정오의 더위에 숨을 헐떡거리고 있었다.

"예약한 분들이죠?"

지영이 그렇다고 말했다. 그러고 나서 그녀는 여자에게 물었다.

"다른 데는 없나요?"

"야영장은 여기밖에 없어요."

그러면서 그녀는 고개를 휘둘러 벼랑과 갯바위가 겯고 선 해변을 가리켰다. 오른쪽 해변 끝에 벼랑이 옴팡하게 들어가서 그늘진 지형이 보여 진우는 저곳은 어떠냐고 물었다.

"어디가요, 만조 때면 물이 차는데."

진우와 지영이 난감하게 서 있자 관리인이 땀에 젖은 앞머리를 쓸어 올리며 말했다.

"그럼 빈방이 있는데 펜션을 쓰시든가요. 싸게 해줄게."

여자는 금액을 말했고 지영이 고개를 저었다.

"아니에요. 캠핑 준비를 다 해 왔는걸요."

지영과 관리인은 야영장 임대료를 계산했다. 예약금을 제하고 정산이 끝나자 관리인은 시설 이용에 대해 설명했다.

"전기는 이따 애들 아빠가 설치해줄 거예요. 샤워

장이랑 화장실, 그리고 수도는 펜션 시설을 이용하시면 되고요. 쓰레기랑 음식물 잔반은 저기로 내놓으시면 돼요. 바비큐 그릴도 대여할 건가요?"

진우가 대답했다.

"그건 우리가 준비해 왔어요."

여자는 돌아서다 말고 덧붙였다.

"저기 그물 쳐둔 데 보이죠? 그 너머에 텐트를 치면 안 돼요."

그러고 보니 솔숲을 가로질러 무릎 높이로 회색 그물이 쳐 있었다. 푯말도 보였는데 뱀이 출몰한다는 경고가 새겨져 있었다. 지영이 한숨을 내쉬었다. 관리인이 멀어지자 그녀는 날 선 목소리로 중얼거렸다.

"이따위로 관리해놓고 돈은 다 받네."

이들 가족은 그물에서 멀고 모래사장에 가까운 솔숲 한 자리를 치우고 야영 준비를 했다. 그들은 늦은 휴가를 왔고 살인적이었던 지난 무더위에 지쳐 있었다.

막상 텐트 폴대를 세우고 핀을 박자니 꿀꿀했던 마음이 가셨다. 지한은 집 짓는 기분을 내느라 텐트 치는 일을 신나게 거들었다. 아이는 여름내 기다린

하룻밤의 야영에 들떠 있었다. 아이는 이 야영을 '정글의 법칙'이라고 불렀는데 '병만족'처럼 현지에서 수렵과 채취를 하자고 졸랐다. 부부에게도 그건 꿈꾸던 일이었다. 연예인들처럼은 못 해도 바닷가에 텐트를 치고 두 끼 정도는 갯것을 잡아 해결해보고 싶었다. 진우는 텐트 옆 소나무에 여행을 오기 전 장만한 2인용 해먹도 설치했다.

야영 준비가 끝나자 이들 가족은 조개 캐는 도구를 준비해 바다로 나갔다.

진우는 아내와 아이에게 깜짝 이벤트를 해주고 싶었다. 그는 오후의 땡볕을 걸어 해변 북쪽으로 갔다. 아까 관리인에게 텐트를 쳐도 괜찮은지 물었던 벼랑 쪽이었다. 거기다가 캠프파이어를 준비해볼 셈이었다. 벼랑 아래는 고운 모래가 깔려 있었고 물만 들지 않는다면 캠프파이어를 하기에 최적지였다. 사람들 눈에도 띄지 않을 만큼 한갓졌고, 곧게 솟은 바위가 숲을 막아서서 화재의 위험도 없었다. 특히나 귀를 기울이면 벼랑에서 바람 소리 같은 파도 소리가 울렸다. 가족을 앉혀놓고 옥수수와 감자를 구워 먹을 생각을 하자 그는 설레었다. 그는 해변에 흩어진 솔

방울이며 삭정이를 모아서 불 피울 자리를 수북하게
만들었다.

야영지로 돌아와 젖은 수영복을 누군가 쳐둔 노
끈에 걸 때 진우는 문득 이 숲에 왜 노끈이 많은지, 그
걸 왜 사람들이 거둬가지 않았는지 이해가 되는 기분
이었다. 그들도 처음에는 양심 없는 피서객들에게 분
노하다가 쓸모를 알아채고는 떠날 때 뒷사람을 위해
두고 갔겠지. 그는 너그러운 마음마저 들었다.

해거름에 야영지에 이웃이 나타났다. 초등학생
딸 둘을 데리고 사내가 텐트를 치기 시작했는데 진우
와 지영은 이웃이 생겨 내심 안심이 되었다.

그러나 이내 이웃 가족에게 엄마가 보이지 않는
다는 사실을 깨닫고는 묘한 호기심이 들면서 안타까
워졌다. 진우와 지영은 해먹에 누워 야영을 준비하는
사내를 지켜보았다. 진우는 사내가 텐트를 칠 때 여
차하면 가서 도와줄 요량이었는데 그럴 일은 일어나
지 않았다. 자기 집 텐트보다 두 배는 큰 거실형 텐트
를 사내는 마술처럼 눈 깜짝할 새에 세워놓았다. 광
고로 보던 원터치 자동 텐트였다.

사내는 이내 집처럼 넓은 텐트로 야전침대를 조

립해 들여놓았다. 말 그대로 제대로 장비를 갖춘 캠핑족이었다. 사내가 텐트 앞에 4인용 테이블을 설치했을 때는 진우도 머쓱해져서 지영에게 "우리도 저건 구비해야겠는데……" 하고 말했다.

저녁을 준비하는 동안 아들은 이웃 텐트를 힐끔거리며 침대가 있어, 식탁이 있어, 선풍기도 있는데, 하며 속닥거렸다. 진우는 아이에게 무슨 구호처럼 "허허, 정글의 법칙!" 하고 자꾸 들먹여야 했다. 그리고 그는 아내와 아이에게 미소 지으며 말했다.

"우리는 병만족처럼 감자와 옥수수도 구워 먹을 거야."

마침내 저녁이 되었다. 저녁 설거지를 마친 진우는 아내와 아이에게 산책을 가자고 꾀어 북쪽 해변으로 갔다.

"짜잔! 이건 처음이지?"

지영과 아이는 놀라는 눈치였다.

"이게 바로 캠프파이어야."

진우는 과장된 몸짓으로 땔감에 불을 붙였다. 금세 불길이 올랐다. 아이가 펄쩍 뛰며 외쳤다.

"아빠! 아빠!"

"왜?"

"하지 마. 무슨 짓이야? 얼른 꺼! 불난단 말야!"

의외의 반응에 당황해서 진우는 불 자리에서 물러났다. 안전하다고, 아빠와 엄마가 있으니 걱정 없다고, '정글의 법칙'을 보지 않았느냐고 안심을 시켜도 아이는 막무가내였다.

"이러다가 잡혀간단 말이야!"

끝내 아이가 울먹거렸다. 진우는 모래로 불을 덮었다. 지영이 깔깔거리며 말했다.

"우리 지한이가 학교에서 소방 교육을 제대로 받았네."

밤은 무덥고 아이는 잠자리에서 뒤척였다. 아이가 텐트 밖을 바라보며 잠꼬대처럼 중얼거렸다.

"저 집은 영화 본다."

무슨 소리인가 싶어 부부가 내다보았더니 이웃 텐트에서 미니 빔프로젝터로 애니메이션을 보고 있었다. 부부는 눈을 마주쳤고 서로 마음이 불편한 걸 알아챘다. 이웃과 비교하는 데서 불행이 온다고 이들 부부는 10년 넘게 얘기하고 있었다. 진우는 아내가 그 사실을 지금 이 순간 까먹을까 봐 두려웠다. 지영이 아이를 껴안고 돌아누웠다. 아내는 부채질을 해주며 무슨 비밀을 들려주듯 아이에게 속삭였다.

"그래도 네게는 엄마가 있잖아."

그 말을 들었을 때 진우는 서늘해졌다. 자신의 불편한 마음이 이웃의 결핍 탓이었다는 걸 깨달은 것 같았다. 그는 불행한 이웃으로부터 등을 돌려 아내와 아이의 어깨에 손을 얹으며 차오르는 안도감을 느꼈다.

이튿날 아침 텐트를 거둘 무렵까지 이웃 텐트는 조용했다. 해먹을 거둘 무렵 뒤에서 인기척이 나 진우는 깜짝 놀랐다.

"떠나시게요?"

이웃 사내가 가위를 들고 서 있었다. 그 풍경이 사뭇 괴기스러워서 진우는 잔뜩 긴장했다. 그러나 이웃 사내는 몸을 돌려 제 텐트 앞 소나무에서 너풀거리는 노끈을 잘라냈다. 어디에 쓰려고 그러나 싶었는데 사내는 다음 소나무로 옮겨갔다. 사내는 야영지를 돌며 소나무에 매달린 노끈들을 제거해나갔다. 그가 무슨 짓을 하는지 자명해지고 나서 진우는 왠지 쫓기는 마음이 되어 서둘렀다.

진우는 짐을 옮기면서 줄곧 말이 없었다. 그건 지

영도 마찬가지였다. 부부는 차에 오르며 아직도 숲을 거닐며 노끈을 제거하는 사내를 한참 바라보았다. 그는 유유자적 휘파람을 불며 그 일을 하고 있었다. 방금 그들이 빠져나온 숲이 맞나 싶게 숲은 달라 보였다. 이윽고 지영이 고개를 돌려 진우에게 말했다.

"우리 너무 자책하지 말자. 저 사람이 그냥 멋진 일을 하는 것뿐이야."

아

라

의

소

설

-정세랑

1984년 서울 출생. 2010년 《판타스틱》으로 등단. 소설집 『옥상에서 만나요』와 장편소설 『덧니가 보고 싶어』 『지구에서 한아뿐』 『이만큼 가까이』 『재인, 재욱, 재훈』 『보건교사 안은영』 『피프티 피플』 등이 있다. 2013년 창비장편소설상, 2017년 한국일보문학상을 수상했다.

술에 취한 영환이, 아라에게 빈정거리며 말했다.

"너는 말야, 계속 그런 거나 써."

시끄러운 문단 술자리의 소음 속에서 아라는 자신이 제대로 들은 게 맞는지 의심하느라 바로 받아치지 못했다. 화를 냈어야 했다. 그랬더라면 이토록 오래 모멸감을 품지 않아도 되었을 것이다. 스스로를 덜 의심하고 공격하는 사람들의 저의를 더 파악하자고 거듭 마음먹지만, 그런다고 타고난 순발력이 좋아지진 않는다. 하기야 순발력이 대단히 좋았으면 애초에 글을 썼을 리가 없다. 아라를 더욱 속상하게 했던 건, 아라가 이십 대 내내 영환을 작가로서 무척 선망하며 따라 읽었다는 점이었다. 영환은 아라보다 열 살 남짓 위의 선배였고, 아라는 영환의 말을 몇 년째 곱씹는 중이었다. 곱씹을 때마다 차갑고 따가워져서 바로 어제 들은 말만 같았다.

애초에 '그런 거'란 무엇인가? '그런 거'가 무엇인지에 따라 분노의 초점도 달라진다. 아라가 대중소설을 쓰는 게 거슬렸던 걸까? 건조하고 담백한 문체로 중학생 이상이면 이해할 수 있는 이야기를 쓴다는 점이? 하지만 영환이 쓰는 소설도 대중소설이었다. 자신이 쓰는 건 위대한 문학이고 아라가 쓰는 건 가치 없다는 비하였을 수도 있지만 말이다. 읽기 쉬운 소설이 얼마나 어렵게 쓰이는지 쉽게 쓸 수 있는 사람만 안다고 믿어왔다.

장르 소설을 두고 한 말이었는지도 모른다. 여전히 많은 사람이 장르 소설을 문단 소설보다 한 단계 아래에 두니 말이다. 작가와 평론가 들은 물론 독자들마저도 그럴 때가 잦았다. 대놓고 무시하는 풍조는 다소 나아졌다 해도, 아예 언급하지 않는 식으로 밀어내는 건 그대로였다. 아라는 장르 문학계와 문단 문학계가 조금 더 접점을 만들고 서로 교류하며 나아가기를 바라기도 했었지만 최근엔 그 생각을 버렸다. 완전히 따로 가는 게 오히려 낫겠다고 말이다. 영환은 몇 년 전에 SF를 쓰려다가 크게 실패한 적이 있다. 어쩌면 아라의 안에 장르적 코드가 자연스럽게 있는 걸 질투했는지도 모르겠다. 그런 코드는 갑자기 흉내 낸다고 얻을 수 있는 게 아니었다. 가지고 싶은 걸 가진 다른 작가를 한번 깎아내려 본 걸까? 꼬인 사람이니 가능성이 있었다. 대가일수록 편견 없이 똑바로 장르 소설을 바라본다고 늘 여겨왔다. 박완서 선생님이 한 젊은 SF 작가에게 내린 빛나는 평가와 관련된 일화는 유명하고, SF 작가들이 한결같이 박완서 선생님을 흠모하는 것은 그래서다.

아니면 페미니즘 소설을 쓴다는 게 영환을 긁었나? 가능성이 제일 큰 얘기다. 아라의 소설은 오랜 기간 그저 '여성적 소품'으로 취급당했다. 여성이 여성적 목소리로 말하면 안 된다는 건지 매번 황당했고, 대하소설 아니면 다 소품일 수밖에 없는데 왜 여성 작가의 작품에만 소품 딱지를 붙이는지 이해할 수 없었다. 그렇게 치면 죽은 지 오래된 유럽계 백인 남성들이 산책하며 주절거린 내용의 고전들도 다 소품 아

닌가? 최근에야 분위기가 변했고 아라는 겨우 숨 쉴
수 있게 되었다. 사인회를 하면 예전엔 아라 앞에 남
성 독자 열댓 명이 서고, 옆자리 남성 작가 앞에 마흔
명의 여성 독자가 서곤 했었는데 이제는 작가와 독자
의 관계가 그렇게까지 이성애적이지 않았다. 다행이
었다. 여성이 여성의 이야기를 읽기 시작하자, 영환
은 박탈감이라도 느낀 것일까? 계속 그렇게 비틀린
시선으로 세계를 바라보면 작가로 살 수 있는 수명이
줄어들고 말 텐데……. 복수는 그렇게 세계가 대신해
주는 걸지도 모른다.

　이름이 좀 더 중성적이고, 무게 있게 들렸다면 나
았을 수도 있었을 것이다. 아라는 받침 없이 가볍게
흐르는 자신의 이름이 아쉬울 때가 있었다. 외국인들
이 발음을 어려워하지 않는 것은 편했지만 말이다.
필명을 하나 만들었으면 편했으려나, 자주 돌이켜보
았다. 칼럼 하나 쓸 때마다 수백 개씩 달리는 악성 댓
글로부터 한 겹 방어벽도 세우고 성별을 헷갈리게 만
들어서 더 후한 평가를 받을 수도 있었을 것이다. 그
러나 사실 정말로는 그러고 싶지 않았다. 어리게 들
리는 여자 이름으로도 잘해내고 싶었다. 공격당할 걸

알면서도.

그런 아라였지만 포털의 생년월일을 지워야 하나 잠시 흔들렸다. 이상한 일이었다. 남성 작가는 중년에 이르면 권위를 얻는데 여성 작가는 '예리함을 잃고 아줌마 소설을 쓴다'고 폄하당한다. 사람들이 "히익, 보기보다 나이 많으시네요" 하고 면전에서 무례하게 굴거나 "동안이시네요" 하고 돌려 말하는 것에 질려 많은 선배들이 프로필에서 아예 정보를 빼버렸다. 나이 이야기를 계속 듣는 것도 싫지만 그보다는 일이 끊길까 봐 고민되었다. 사라지지 않기 위해, 지워지지 않기 위해 아라는 언제나 치열해야 했다. 가만 서 있으면 파도가 발밑의 모래를 끌어가듯이 자꾸 토대가 무너지는 게 느껴졌다. 싸우고 또 싸워야 족적을 남길 수 있으리란 걸 잊을 날이 없었다.

그래도 고개를 들어 멀리 보면, 박완서 선생님이 계시는 듯했다. 세상을 뜨고 나서도 그렇게 생생한, 계속 읽히는 작가가 있다는 게 좋은 가늠이 되었다. 사실 아라가 생전에 작가를 뵌 건 아주 잠깐, 아주 멀리서였고 그것도 뒷모습이었다. 그때 아라는 대작가의 뒷모습을 보며 머리카락을 가지고 싶다고 기이한 생각을 했다……. 한 올만 뽑으면 안 될까 하고 록스타에게 손을 뻗는 팬처럼 침을 꿀꺽했지만 물론 그런 망나니짓은 하지 않았다. 용기 내 앞에서 인사라도 할걸, 뒤늦은 후회를 하다가 따라 걷는 자에겐 뒷모습이 상징적일 수도 있겠다고 여기게 된 건 요즘의 일이었다.

연

기

가

되

어

-정용준

2009년 《현대문학》 신인추천으로 등단. 소설집 『가나』 『우리는 혈육이 아니냐』, 장편소설 『바벨』 『프롬 토니오』 『유령』 등이 있다. 2016년 황순원문학상을 수상했다.

아침에 일어나 한숨을 내쉬었더니 연기가 났다. 뭐지? 싶었다. 간밤 담배를 너무 피웠나? 그랬던 것 같기도. 조각난 기억마다 나는 담배를 물고 있다. 시도 때도 없이 담배를 빨았는데 내쉰 기억은 없다. 그래서 그런가. 연기가 몸속에 쌓였을까? 말도 안 되지만 어쨌든 연기가 나니까 나로선 그렇게 생각할 수밖에 없었다. 아, 몰라. 머리 아파. 가만히 누워만 있는데 흔들리는 보트처럼 출렁거렸다.

큰 컵에 냉수를 따라 단숨에 들이켰다. 식도를 따라 밑으로 떨어지는 찬 기운. 한숨을 내쉬었다. 여전히 입에선 연기가 나왔다. 관자놀이를 컵으로 꾹 누르고 병석에게 전화를 걸었다. 병석은 세 번 만에 전화를 받았다. '잘 들어갔냐' '몸은 괜찮냐' '어제 무슨 일 없었냐' 물어봤을 뿐인데, 병석은 화를 냈다. '다시는 너랑 술 마시는 일 없을 테니 절대 연락하지 마'라고 소리쳤다. 우리가 뭐 하루 이틀 그러는 것도 아니고 나는 나대로 병석은 병석대로 이렇게 서로를 헐뜯다 말겠지, 싶었는데 어쩐지 병석의 목소리가 평소와 다르다. 뭔가 결심한 듯 차갑고 건조했다.

나 진심이다. 더는 네 꼬장 받아주고 싶지 않다. 연락하지 마.

한 번도 들어본 적 없는 싸늘한 말투에 나도 모르게 긴장이 됐다. 나는 '왜 그러냐' '미안하다' '술을 너무 많이 마셔서 그렇다' '앞으로 안 그러겠다' 비굴하게 사과했고 간절하게 빌기도 했다. 만약 병석이 나를 만나주지 않는다면 세상에 나랑 말 섞어줄 사람은 한 명도 없게 된다. 병석은 한참 아무 말도 하지 않고 한숨만 쉬다가 누그러진 목소리로 말했다.

미안. 그런데 정말이야. 너 택시 태워 보내고 집까지 걸어가면서 생각하고 또 생각해봤는데 결심했어.

나 더는 이렇게 안 살아. 너나 나나 그동안 서로 되는 거 없이 거지같이 살아왔지. 그래서 비슷한 처지끼리 의지하고 지낸 것 같아. 그런데 아니었어. 너만 좋았지. 나는 하나도 안 좋았어. 좆같은 네 성격 받아주느라 그냥 나이만 처먹은 것 같더라. 내가 왜 이렇게 인생이 풀리는 게 하나도 없을까, 고민해봤거든?

병석은 잠시 말을 멈췄다가 차갑게 말했다.

너야. 너랑 가까이 지내니까 재수가 없는 것 같아.

재수가 없다는 말에 갑자기 분노가 치솟았다. 욕설을 내뱉으려고 했는데 아까보다 훨씬 많은 연기가 입에서 뿜어져 나왔고 당황한 나는 기침을 해댔다. 병석은 한심하다는 목소리로 말했다.

제발 술 좀 작작 마셔. 그리고 담배 좀 끊어. 이제 너 받아주는 사람 없어. 잘 살아라.

야. 야. 잠깐만. 그런데 나 왜 갑자기 입에서 연기가 나냐?

연기? 아······. 그건가?

뭔데?

병석은 이상한 이야기를 들려줬다. 그리고 냉정하게 전화를 끊었다. 나는 기침을 하느라 제대로 대답도 못 했다. 다시 전화를 걸었을 때 상대방이 전화를 받을 수 없어 소리샘으로 연결한다는 안내 멘트만 나왔다.

　새벽 4시쯤이었나. 뼈해장국을 놓고 막잔을 기울이고 있을 때 허름한 차림의 할머니가 들어와 손님들에게 말을 걸었다. 점을 봐줄 테니 돈을 달라는 거였다. 그건 기억이 난다. 병석은 할머니가 다가오자 정중히 고개를 숙여 거절했는데 나는 아니었단다. 거기서부터는 잘 기억나지 않는다. 점을 봐달라고 했고 언제 돈을 버는지, 결혼은 언제 할 수 있는지, 이것저것 캐물었다고 했다. 그래 놓고 돈이 없다고 했다고. 정말 기억나지 않는다. 할머니는 화도 내지 않고 채근도 하지 않고 계속 내 곁에 서 있었고 심지어 밖에서 담배를 필 때도 우두커니 서서 기다렸다고 했다. 나는 허공에 보란 듯이 담배 연기를 뿜으며 내가 앞으로 어떻게 될지 알려주면 돈을 줄게요, 라고 낄낄거렸다고 한다. 할머니는 침묵 속에서 한참 나를 노려보더니 한마디 하고 어두운 골목으로 사라졌다.

　넌 담배가 될 거야.

벽에 등을 기대고 침대에 앉아 강박적으로 병석에게 전화를 걸고 끊고 걸기를 반복했다. 초초하고 답답했다. 계속 한숨이 났고 그때마다 연기가 났다. 진짜로 담배가 된 걸까? 그런데 이상하다. 한숨을 쉬고 나면 속이 시원해졌다. 연기도 조금 달랐다. 담배 연기처럼 희미하지 않고 뭐랄까, 구름 같달까? 약간의 점성과 끈적임이 느껴지는, 마치 유화로 그린 적란운처럼 보이는 연기였다. 처음엔 무서웠는데 점점 재밌어졌다. 오래전 이런 생각을 한 적이 있다.

공기가 다 담배 연기면 좋겠다.

담배 살 돈도 없고 사러 밖에 나가기도 귀찮아서 한 생각이었는데 이제 정말 그렇게 된 것이다. 나는 침대에 누워 천장을 보며 계속 후우, 후우, 연기를 내뿜었다. 뜬금없이 노래 <먼지가 되어>가 떠올랐고 가사까지 바꿔가며 노래를 흥얼거렸다.

연기가 되어 날아가야지.

그렇게 오전이 가고 오후가 가고 저녁이 갔다.

배가 고팠다. 기분은 나쁘지 않은데 힘도 없고 어지러웠다. 일어서려는데 다리에 힘이 들어가지 않았다. 무릎이 부들부들 떨렸다. 아무리 배가 고파도 그렇지 이렇게 힘이 없을 수 있나? 속이 텅 빈 것 같다. 벽에 손을 짚고 겨우 일어서서 거울을 봤다. 이상했다. 볼살이 홀쭉 빠졌고 피부는 영양가가 빠져나간 듯 푸석푸석했다. 얼굴은 새까맣게 변했고 광대뼈는 툭 튀어나왔다. 키도 약간 줄어든 것 같았다. 나는 당황한 나머지 어? 하는 소리를 냈다. 주먹만 한 크기의 구름 같은 연기가 허공에 나타났다가 서서히 사라졌다. 그때 뭔가가 후두두 떨어지는 기분이 들어 이마를 만졌다. 머리카락이 한 움큼 손에 잡혔다. 세상에! 이마가 눈에 띄게 벗어져 있었다. 나는 너무 놀라 소리를 질렀다. 입에서 튀어나온 하얀 연기가 거울을 불투명하게 만들었다. 나는 손으로 입을 가리고 호흡을 참아보려 애썼다. 그리고 불투명한 거울에 흐릿하게 반사되어 계속 연기를 뿜어대는 뭔가를 뚫어지게 쳐다봤다. 왜 이렇게 뿌옇게 보이는 걸까? 연기 때문일까? 아니면 눈이 나빠졌나? 알 수가 없다. 알 수가 없어. 그 와중에 자꾸 <먼지가 되어>의 멜로디가 생각났다.

　연기가 되어 날아가야지. 미쳤다. 미쳤어. 바람에

날려 당신 곁으로.

　다리가 후들거려 도저히 서 있을 수 없었다. 나는 바닥에 쓰러지며 계속 흥얼거렸다. 눈물은 흐르는데 자꾸 웃음이 나왔다. 미친놈처럼.

　뚜뚜루두 뚜뚜루두 뚜뚜루두 뚜바.

보이지

않는

-정지돈

1983년 대구 출생. 2013년 《문학과사회》 신인문학상으로 등단. 소설집 『내가 싸우듯이』, 장편소설 『작은 겁쟁이 겁쟁이 새로운 파티』, 대담집 『문학의 기쁨』(공저) 등이 있다.

예전에, 그러니까 문학에 한창 빠져 있고 작가들 이름으로 웹 서핑을 자주 하던 시절에 알게 된 사실인데 1970년, 68혁명 이후 2년이 지났고 칠레에는 살바도르 아옌데의 사회주의 정권이 들어섰으며 서독에서는 바더 마인호프 그룹이 결성되었고 마리화나 소지죄로 체포되어 30년형을 받은 티머시 리어리가 극좌 테러 단체인 웨더맨의 도움을 받아 탈옥한 그해, 컬럼비아 대학 재학생이자 심야 극장을 떠돌며 장기 상영을 이어가던 몬테 헬만의 <바람 속의 질주> 따위를 보고 시답잖은 불어 번역 일로 생활을 연명하던 시인 지망생 폴 오스터는 히피이거나 테러분자 비슷한 친구들과 어울리는 바람에 블랙 팬서 당을 지지하는 연설을 하기 위해 뉴욕에 온 장 주네의 통역을 맡게 되었던 거였다. 폴 오스터 본인 말에 의하면 지나가던 길에 친구에게 덜미를 잡힌 것에 불과했지만 언제나 그렇듯 본인 말은 믿을 게 못 되고 어쩌면 그는 열성적인 혁명분자, 마오의 포스터를 방에 붙이고 벨벳 언더그라운드를 들으며 크리스토퍼 스마트의 <다윗에게 바치는 노래>를 밤새 베껴 쓰는 구제불능의 환자였을지도 모르고 그러니 별것 아닌 불어 실력에도 불구하고 범죄자, 배덕자, 도둑놈, 악의 화신, 대머리, 강간범(이건 밝혀지지 않았다), 영화감독인 장 주네의 연설을 통역했을지도 모르는데, 나는 이러한 사실을 장 주네를 검색하다 알게 되었지만 정확히는 에드워드 사이드의 『말년의 양식에 관하여』에 다음과 같은 이야기가 나온다. 그가 컬럼비아 대학에서 교수를 하던 시절 블랙 팬서를 지지하는 정오 집회가 열릴 예정이었고 장소는 학교의 행정 건물인 로우 라이브러리의 계단이었다고, 집회의 연설자는 대서양을 건너온 장 주네로 에드워드 사이드는 예의 변함 없는 장 주네의 태도, 주변의 광란과 세상의 광기, 절망과 냉소에 덤덤하고 침착하게 대응하면서도 특유의 냉엄하고 아름다우며 간결한 언어를 놓지 않은 연설과 내면을 짐작할 수 없는 편안하고 일상적인 옷차림에 깊은 인상을 받았지만 장 주네의 통역을 맡은 자신의 제자는 수업 때도 그랬듯이 과장되고 산만하고 장식적인 언어를 구사해 장 주네를 장광설에 환장한 프랑스의 미친 시인으로 치장해버려 아쉽기 그지없었다.

에드워드 사이드는 제자의 이름을 이야기하지 않았고 전 세계를 떠돌며 온갖 종류의 소수자, 가난한 자, 핍박받는 자, 도망자, 아름다운 자를 변호하고 다녔던 장 주네 역시 이러한 일 따위는 따로 기록하지 않았으니 정확한 사실은 누구도 알 수 없을지 모르나 정황을 보건대 사이드의 제자 X가 누구인가 하는 수수께끼는 어렵지 않게 풀릴 수 있다는 사실을 사이드와 폴 오스터의 책을 모두 읽은 나는 장 주네의 이름으로 웹 서핑을 하던 중에 블로그를 보고 알게 된 것이다.

폴 오스터는 장 주네를 입가에 미소를 머금고 귀뒤에 빨간 꽃을 꽂은 채 교정을 돌아다니는 전설의 시인으로 묘사하는데 여기서 주네의 모습은 사이드가 기억하는 것과 거리가 아주 멀기에 이상하지만 그것이 불가능한 일이라는 생각은 들지 않는다. 통역의 부정확성이 문제라면 폴 오스터가 『빵굽는 타자기』에 짧게 썼듯 무보수였으니 그를 탓할 순 없으리라. 어차피 누가 귀 기울여 듣겠는가, 1970년 그 광란의 교정에서 내용은 중요하지 않았을 것이다. 놀라운 일은 이 내용이라는 것이 우리가 기록으로 모든 것을 남길 수 있는 시대에 와서 더더욱 중요성을 띠고 있다는 사실, 세계적인 석학과 세계적인 작가 모두 다르게 기억해버리고 말고 한쪽은 넌지시 비판을 하고 있기까지 한 내용이지만 누구의 편을 든다거나 기억의 자의성, 임의성을 이야기하려는 게 아니라, 정말 내용이란 무엇이지 하는 생각이 들고 마는데 움베르토 마뚜라나의 말마따나 우리의 시각과 우리의 청각, 우리의 인지는 단 0.1나노초도 해석 없이 외부의 일을 받아들이지 못하는 것으로 내용이란 내용 그 자체로 존재할 수 있는지, 늘 섞이고 마는 내용이 어째서 어떤 이들에겐 공통적으로 다가갈 수 있는지, 어떤 이들에겐 상반되게 다가갈 수 있는지, 여기서 그 공통성을 꿰뚫는 정확성이라는 게 존재할 수 있는지,

그것을 추구하는 일이 미학적으로 도덕적으로 윤리적으로 옳거나 가치 있는 일일 수 있는지를 새삼 생각하게 되는 것은 내가 한때 장 주네를 너무나 좋아했지만 지금은 그의 책을 찾아 읽지 않은 지 오래되었고 그의 책을 다시 읽어도 아무런 감흥을 받을 수 없으며 그런데도 그의 마지막 희곡과 자서전-소설인 『병풍』과 『사랑의 포로』가 번역되길 기다리고 있다는 사실, 나는 그 책들을 사기 위해 돈을 지불할 것이고 두세 페이지 읽게 될 것인데 그것에 무슨 의미가 있을까, 2018년 여름 베를린에 삼 주간 머물며 들른 모든 서점에서 제발트의 책을 찾았지만 거의 눈에 띄지 않았고 나는 늘 내 머릿속에서 벌어지는 일만이 흥미롭고 눈앞에서, 피부로 직접 겪은 일은 글로 쓰고 싶지 않은데 그것이 왜 잘못된 일인지 왜 그런 일이 일어나게 되었는지 아무리 생각해도 알 수 없는 것이다.

폴 오스터는 그의 15번째 소설 『보이지 않는』을 출간하고 난 뒤 진행한 인터뷰에서 이 에피소드에 대해 말했다. 이미 에드워드 사이드도 죽었고 장 주네도 죽은 뒤여서 어떤 확인도 불가능하지만 그 시절

내내 수줍기 그지없었던 나로서는 사이드의 기억이 당황스러울 뿐이고 그와 나 사이에 존재하는 기억의 빈 곳, 세계의 여백에 대해 생각하게 된다. 이 에피소드와『보이지 않는』의 이야기는 직접적으로 연결되어 있지 않지만 시간이라는 측면에서, 그 불확실하고 영원히 반복되는 기이한 추상 속에서 연결되기에 관련이 있다.『보이지 않는』에서 장 주네와 폴 오스터의 만남은 다음과 같이 다시 쓰인다. 나는 1967년 봄에 그와 처음으로 악수를 했다. 당시 나는 컬럼비아 대학 2년생이었고 책만 좋아할 뿐 아무것도 모르는 숙맥이었다. 하지만 언젠가 훌륭한 시인으로 이름을 날려보겠다는 믿음(혹은 망상) 하나만은 굳건했다.

수 부

이

모

−조경란

1969년 서울 출생. 1996년 《동아일보》 신춘문예로 등단. 소설집 『불란서 안경원』 『나의 자줏빛 소파』 『코끼리를 찾아서』 『국자 이야기』 『풍선을 샀어』 『일요일의 철학』 『언젠가 떠내려가는 집에서』, 중편소설 『움직임』, 장편소설 『식빵 굽는 시간』 『가족의 기원』 『우리는 만난 적이 있다』 『혀』 『복어』, 짧은 소설집 『후후후의 숲』, 산문집 『조경란의 악어 이야기』 『백화점』 『소설가의 사물』 등이 있다. 1996년 문학동네 신인작가상, 2002년 오늘의 젊은 예술가상, 2003년 현대문학상, 2008년 동인문학상, 2014년 고양행주문학상을 수상했다.

내 어머니한테는 세 동생이 있는데 각각 다섯 살씩 터울이 졌다. 어머니가 나를 일찍 낳아 막내 이모와 나도 그 정도밖에 차이가 나지 않았다. 유방암으로 외할머니가 돌아가신 후 고등학교를 중퇴하곤 살림을 도맡아 하던 어머니는 힘에 부쳤는지 이웃이던 아버지와 스무 살에 결혼을 했다. 외할아버지도 몇 년 후 돌아가셨다. 삼촌 둘은 고등학교를 졸업하기도 전에 각각 집을 떠났지만 수부 이모만은 여상을 졸업할 때까지 우리 집에서 같이 살았다. 좁고 옹색한 전셋집이었고 우리 세 자매와 이모는 같이 한방을 써야 했던 적도 있었다. 나이 차가 적어서였는지, 아니면 비좁은 데서 함께 살아야 하는 수부 이모가 객식구처럼 느껴져서인지 이모와 나는 싸우기도 많이 싸웠다. 한번은 말싸움 끝에 내가 이모에게 우리 집에서 나가버려, 라고 싸늘하게 쏘아붙인 적이 있다. 이모에게 어딘가 왔다 갔다 할 버스비조차 없다는 사실을 알고 있어서 이모가 홧김에 집을 나갈 때도 잡지 않았다. 다시 돌아올 수밖에 없을 테니까. 이모는 동복에 코트도 걸치지 않은 상태였다. 그날 밤 이모가 돌아왔는지 아닌지는 지금도 생각나지 않지만 153센티미터밖에 안 되는 작고 마른 체구의 이모가 입술을 꼭 깨문 채 미닫이 마루문을 확 밀고 마당으로 내려설 때 후드득 떨어지던 눈물만은 선명하게 떠오른다. 동복인데도 짧은 단발머리 밑으로 너무 추워 보이기만 했던 흰 칼라와 치마도. 그때 그러지 말 걸 그랬지 하는 후회를 해봐야 지금은 아무 소용도 없게 시간이 흘러버렸지만 말이다. 우등생이었던 이모는 졸업 전에 취직이 되었다. 첫 월급을 받았을 때인가, 내 어머니에게는 빨간 내복 한 벌을 선물했고 내 아버지에게는 키워주셔서 고마워요 형부, 하면서 두 손으로 공손히 소주를 따라주었던 수부 이모. 몇 달간 알뜰히 월급을 모은 후 이모는 우리 집을 나갔다. 그 후 수부 이모는 모든 형제들과 관계를 끊고 살았다. 자매인 내 어머니와도.

언젠가 나는 어머니에게 이모 이름이 왜 수부이고 그게 무슨 뜻인지 물은 적이 있다. 너는 대학 강사라면서 그것도 모르냐. 빼어날 수에 부자 부, 그래서 수부秀富. 에, 그게 뭐예요, 여자 이름을. 내 어머니 이름 역시 수상한 데가 없지는 않지만 사 형제 이름 모두 외할머니가 손수 지으셨다고 해서 가만히 고개를 끄덕거렸다. 사람은 배워야 한다고, 외할아버지의 반대에도 불구하고 없는 형편에 맏딸인 내 어머니를 고등학교까지 보냈던 분이라고 들었으니까.

수부 이모가 가족들 앞에 나타난 건 그 후 거의 17, 8년 만이었다. 그사이 이모는 정말 부자가 돼 있었다. 이모 명의로 된 30평짜리 아파트도 있었으니까. 내 어머니를 비롯해 외갓집 식구들은 수부 이모 집을 중심으로 활발히 왕래를 시작하는 듯 보였다. 우리 집은 현격하게 기운 상태였고 큰삼촌네 작은삼촌네 모두 마찬가지였다. 좋지 않은 때에 수부 이모가 나타

낫군, 나는 잠시 걱정했지만 내 문제만으로도 바쁜 삼십 대였다.

지난봄에 우리 집에 놀러온 수부 이모가 나에게 가죽 코트 한 벌을 내밀었다. 앞쪽에 더블 버튼이 달린 기본 바바리코트 디자인에 소재만 양가죽으로 쓴, 한눈에도 가격이 꽤 나가 보이는 옷이었다. 이거 웬거야 이모? 정말이지 그렇게 묻지 않을 수 없었다. 수부 이모가 입고 다니는 옷이라고는 늘어진 스웨터에 바지, 더 늘어진 카디건에 바지, 못 입을 정도로 낡아 빠진 털옷에 닳고 닳은 바지뿐이었으니까. 새 옷을 입은 수부 이모는 본 적도 없지만 상상하기도 어려웠다. 그런데 가죽 트렌치코트라니. 몇 번 입지 않은 건데 나한텐 좀 길어서. 입어봐. 맞으면 너 가져. 너는 학교 같은 데도 가는 사람이니까. 나는 실내복 위에 그 옷을 걸쳐보았다. 좋은 가죽 냄새가 은은하게 나고 어깨도 잘 맞았지만 내가 이모보다 몇 센티미터쯤 키가 커서 그런지 소매는 약간 짧은 듯했다. 그날 수부 이모는 나에게 그 가죽 트렌치코트를 주고는 내 어머니에게서 겉절이 한 통을 받아 들고 돌아갔다.

봄 내내 나는 수부 이모의 트렌치코트를 한 번도 입지 않았다. 옷은 탐나지만 그 옷의 원래 주인이었던 사람의 삶은 그렇지 않아서였을까. 우리 집을 나간 후 수부 이모가 이십 대를 바쳐 돈을 모으기 위해 한 일들과 시간을 떠올리자 입고 싶지 않아진 것도 사실이다. 어머니 표현에 의하면 먹고 싶은 거 못 먹고 하고 싶은 거 못 하면서 오직 돈만 모았다던 악바리 수부 이모. 작은 집을 팔고 사고 되파는 방식으로 재산을 모으기는 했지만 그중 절반은 막내삼촌 도박 빚 갚는 데, 그 집 전세금 보태는 데, 큰삼촌네 개인택시 사는 데 빌려주고는 한 푼도 돌려받지 못하고 있는, 어쩌면 그럴 마음도 없을지 모르는 수부 이모. 우리 집도 경매로 한번 넘어갈 뻔한 적이 있었는데 위기를 넘긴 것도 어쩌면 수부 이모 덕분일지 몰라서 나는 어머니에게 물어보지 못했다. 이따금 어머니가 이모 이야기를 하다가 부모 정도 모르고 그 불쌍하게 자란 게, 하면서 울음에 북받칠 때도 모른 척으로 일관했다. 그냥 이모 혼자서 잘 먹고 잘살 수 있었을 텐데 가족은 왜 찾았을까. 어쨌거나 나는 이모의 옷을 몸에 걸치고 싶지 않았다. 40세가 다 되어도 내 일부는 아직도 철이 덜 든 조카의 면모가 남아 그 궁색과 지질함과 뭔지 모를 불행이 치렁치렁한 옷 어딘가에 실밥처럼 달라붙어 있을 것 같다고 여겼을지 모른다.

수능이 끝난 목요일이었다. 경기도와 서울의 두 군데 학교를 돌아다니며 여덟 시간 강의를 마치고 집으로 돌아온 날. 소주 한 병에 따뜻한 밥과 국을 좀 먹으면 기분이 풀릴 것 같은데. 밥과 국은커녕 집은 불이 다 꺼져 있었고 언제 외출을 한 것인지 집 안에 온기 하나 없었다. 보일러를 작동시켜 놓고 라면을 끓여 허겁지겁 먹고 있는데 그제야 어머니가 들어왔다. 요 며칠 대체 어딜 그렇게 다니시는 겁니까, 밥도 안 해놓으시고. 어머니는 내 사나운 말이 들리지도 않는지 지친 걸음으로 대꾸도 없이 안방으로 들어가 문을 닫아버렸다. 거참, 또 뭐지. 어머니와 싸우기도 싫지만 마음먹고 싸움을 걸었는데도 반응이 없을 때면 조금 겁이 나기도 한다. 나는 머쓱해진 채 라면 그릇을 비우고 냉동 군만두까지 구워 소주 한 병을 마셨다. 언제까지 이런 생활을 할 수 있을까, 뭐 그런 생각을 했는지도 모른다. 이번 학기가 지나면 두 군데 대학 모두 강사 계약이 끝나고 내년을 기약하고 있는 일은 아무것도 없었다. 불도 켜지 않은 것 같은 안방에서는 아무 소리도 들리지 않았다. 어머니가 빼먹지 않고 보는 저녁 드라마를 할 시간인데도. 냉장고에서 소주 한 병을 더 꺼내려는데 문자메시지 들어오는 소리가 들렸다. 저쪽 안방에 있는 어머니가 보낸.

아침부터 먼 데 사는 동생까지 와서 김장을 마치자 점심 먹을 때가 되었다. 동생과 나, 그리고 수부 이모가 배춧속을 넣는 동안 어머니는 수육과 동태찌개로 상을 차렸다. 올해 처음 김장을 담그러 온 수부 이모 앞으로는 어제부터 끓인 진한 장어탕 한 그릇을. 언니, 나는 왜 동태찌개 아니고 장어탕을 줘. 이모가 물었다. 그냥 먹어, 이모. 맞아, 엄마가 주시면 그냥 먹는 거야. 우리는 이구동성으로 말했다. 이모 같은 사람한테 좋다고 해서 수산 시장에 가서 장어를 사 온 아버지는 숟가락을 일찍 내려놓곤 자리를 비웠다. 아버지에게도 그런 일이 있었다. 수부 이모에게 해놓고 후회하는 그런 일. 가족 모두가 수부 이모에게 그랬던 것처럼. 무슨 일 때문이었는지 저녁 무렵 아버지가 학교에서 막 돌아온 어린 처제, 수부 이모의 뺨을 후려갈기던 모습을 나도 기억한다.

이모는 장어탕 한 그릇을 깨끗하게 비웠고 배가 너무 부르다면서 작은방으로 가 누웠다. 동생과 나도 귤 그릇을 들고 작은방으로 갔다. 혼자 사는 거 심심하지 않아 이모? 애견이라도 한 마리 기르지그래. 동생이 귤을 까서 이모에게 건넸다. 얘는 심심할 틈이 어디 있니. 이모가 이불을 목으로 끌어올리며 대꾸했다. 도서관도 가야지 친구들도 만나야지 수영장도 가야지 라디오도 들어야지, 그러다 보면 하루가 지나가. 수영장? 수영장엘 다닌다고? 동생이 저도 모르게 목소리를 높였다. 그 몸으로 수영을 하면 안 되잖아, 라는 말을 하고 싶은 듯. 나는 동생에게 눈짓했다. 수영은 상체의 림프선을 활발히 움직이게 해서 이모한테 도움이 되는 운동일 테니까. 동네에 구립 수영장이 있어서 갔는데 생존수영법을 배우고 있는 팀이 있더라고. 생존수영법이 뭐야? 나와는 달리 동생은 아, 하고 아는 척을 했다. 그런 건 초등학생들이나 배우는 거 아니야? 쟤는 대학생들 가르치려면 똑똑해야 하는데 뭘 몰라도 한참 모르네. 이모는 상체를 일으

키곤 요즘 배우고 있다는 생존수영에 대해 설명하기 시작했다. 동생은 열심히 맞장구를 치고. 시끄럽고 높은 소리로, 어색하지만 아무것도 아닌 말에도 깔깔거리면서.

그날 안방에서 어머니는 우리 자매들에게 같은 메시지를 보냈다. 수부 이모를 위해서 모두 기도하자고. 그러나 이모가 원치 않으니까 아는 척은 하지 말라고.

11월 중순인데 기온은 벌써 한겨울처럼 떨어졌고 서울에도 첫눈이 내렸다. 나는 부직포 덮개로 씌워 옷걸이 한쪽에 걸어두었던 수부 이모의 가죽 트렌치코트를 꺼냈다. 지금 입기에는 얇은 옷이라 풀오버를 두 개씩 겹쳐 입고 코트를 입었다. 단추도 목까지 채우고 허리띠도 꽉 묶고. 어깨에 견장이 달려 있어서 그런지 전에 없던 자신감이 조금 생기는 듯도 했다. 오른쪽 어깨에는 트렌치코트를 처음 만들 때 총을 메기 편하라고 덧댄 건플립이 달려 있는데 나는 총 대신 책이 든 무거운 가방을 걸치곤 학교를 다녔다. 왜 이렇게 춥게 입고 다녀요 선생님, 보는 사람까지 춥게. 어두운 복도에서 한 학생이 무심히 그런 말을 하고 지나쳐 가기도 했다. 애, 나는 춥지 않다. 나는 말하고 싶었다. 이제 45세에 벌써 머리가 하얗게 센 수부 이모, 독신으로 살고 있는 수부 이모, 원래도 까만 얼굴이 더 까매진 수부 이모가 생전 처음 단체 여행으로 간 이태리 어느 골목에서 무엇 때문인지 충동구매로 사버리고 말았다는 그 가죽 트렌치코트에 대해서.

수부 이모는 말했다. 파도에 휩쓸려도 수영을 못해도 물에 빠졌을 때 당황만 하지 않으면 된다고 말이다. 사람의 몸은 물보다 가볍다는 사실만 잊지 말고 허우적거리지 말라고. 수영도 못하는 사람이 바다에 빠졌는데 허우적거리지 않을 수가 있을까. 수부 이모의 말을 잘 기억하고 있으면 그렇게 될 것도 같다. 체력을 아끼는 게 중요하니까 일단 물에 빠지면 바다를 이불 삼아 대자로 누웠다고 생각하고 양쪽 팔만 천천히 휘저으면서 구조를 기다려야 한다. 그러니까 물에 떠 있는 상태? 그래 그거지, 입으로는 숨을 들이마시면서 몸의 부력을 크게 하고. 언제 무슨 일이 생길지도 모르니까 나에게도 생존수영법을 배워 두는 게 좋을 거라고 충고하던 이모. 아무도 모르게 유방암 수술을 했고 내년 1월에 재검을 앞두고 있다는 수부 이모. 이제 살 만하니까 언니 나한테 이런 일이 생기네, 하면서 내 어머니를 집으로 불러 하소연하다 지금은 성수기라 표가 비싸니 내년 봄쯤 우리도 남들처럼 처음으로 자매 둘이서 동남아로 여행을 다녀오자고 헛헛하게 웃으며 말했다던 수부 이모. 암에 걸리기도 전에 사망 후 재산은 불우 청소년을 돕는 단체에 기부하기로 했다는 수부 이모.

지금처럼 이렇게 침대에 누워 천장을 보고 있을 때면 수영장에서 몸의 힘을 뺀 채 둥둥 대자로 누워 있는 수부 이모를 떠올리게 된다. 그게 잎새뜨기라고 했나, 누워뜨기 자세라고 했나. 이모는 가끔 사람들과 쭉 뻗은 두 다리를 중심처럼 모은 채 서로 원을 그리듯 손을 맞잡고 물속에 누워 있기도 한다고 했다. 침착하게 구조를 기다리듯, 믿고 있으면 언젠가 구조의 손길이 올 거라고. 이모는 아플까, 많이 아플까, 얼마나 아픈 걸까. 그래도 살 수 있다고 믿고 있는 거겠지. 기도는 어떻게 하면 좋을지 몰라서 나는 수부 이모와 그 옆에 둥그렇게 손을 맞잡고 물속에 몸을 맡기고 있는, 모르는 사람들의 모습을 침묵 속에서 그

려볼 뿐이다. 누군가 위에서 내려다본다면 어쩌면 꽃
처럼 보일지도 모를.

어떤

전형

-조남주

1978년 서울 출생. 2011년 《문학동네》로 등단. 소설집 『그녀 이름은』, 장편소설 『귀를 기울이면』 『고마네치를 위하여』 『82년생 김지영』 등이 있다.

점심 먹은 그릇을 개수대에 넣고 있는데 딸에게 전화가 왔다. 학교에서는 휴대폰을 사용할 수 없다고 했는데. 왠지 손끝이 떨려 한참 만에 동그란 버튼을 밀어낼 수 있었다.

— 엄마, 크리스천 전형이 있어! 내 자소서 좀 쓰고 있어.

"응? 갑자기 무슨 소리야? 너 크리스천도 아니잖아."

— 나 초등학교 때 교회 다녔잖아. 그때 세례도 받았어. 일단 쓰고 있어봐. 학생부 받아놨으니까 자세한 건 집에 가서 설명해줄게. 시간 없어. 원서 마감이

조
남
주

264
—
265

다음 금요일이야.

"근데 네 자소서를 왜 내가 써? 그럼 자기소개서가 아니지."

— 엄마는 문과였다며. 나는 이과잖아. 자소서 양식 톡으로 보낸다! 끊어!

문항은 네 개였다. 학습 경험, 교내 활동, 학교생활, 지원 동기 및 진로 계획. 딸은 중간 정도의 성적에 교내 수학 동아리와 댄스 동아리 활동을 했고 작년까지 장래 희망은 수학 교사였는데 지금은 모르겠다. 일단 노트북을 켜고 문서 창을 열었다. 깜빡깜빡하는 커서와 같은 속도로 눈만 껌뻑껌뻑할 뿐 머릿속이 눈앞의 빈 문서처럼 새하얬다. 어렸을 때는 글짓기 대회에서 상도 제법 받고 그랬는데.

딸이 수업을 마치고 집에 올 때까지 나는 단 한 문항도 완성하지 못했다. 학교 축제 때 걸그룹 커버댄스 공연을 하기로 했다며 집에 댄스 동아리 친구들을 우르르 몰고 왔던 일이 생각나 3번 문항만 세 줄쯤 썼다. 원래 몸치이고 가요를 좋아하지도 않아 따라가기 벅찼는데 친구들이 안무까지 수정해가며 도와주었다는 얘기를 좀 감성적으로 적었다. 딸은 화면을 쓱

보고는 말했다.

"잘 썼어. 우수상 받았다는 거 추가해주고."

딸의 말투가 거슬렸지만 딸의 기분을 거슬리게 할 수는 없었다. 대학만 가봐라, 벼르고 있는 요즘이다. 딸은 학생부를 꺼내 형광펜으로 줄을 치면서 빠르게 설명했다.

"이 얘기는 1번에 쓰고, 이 얘기는 2번에 쓰고. 그리고 여기 이거 중요해, 자기주도 학습상을 1학년, 2학년 때 모두 받았다는 사실을 강조해줘. 계획대로 실천하는 것뿐만 아니라 실제로 성적이 많이 올라야 하기 때문에 받기 쉽지 않거든."

정신없이 고개를 끄덕이며 받아 적는데 불쑥 성질이 났다.

"잠깐! 잠깐만, 딸!"

딸은 태연히 고개를 들었고 차마 그 천진한 얼굴에 대고 화를 낼 수가 없었다.

"근데 크리스천 전형이 뭐야?"

오전에 진학 상담을 받았는데 선생님이 혹시 교회에 다니는지 물었단다. 초등학교 때 세례까지 받았다고 하자 선생님은 당장 목사님께 세례 및 출석 확인서를 받아 오고 자소서 써줄 사람도 찾아보라고 했다. 그 자소서 써줄 사람으로 내가 낙점된 것이다. 나는 문과였으니까.

"다른 전형보다 가능성이 있는 건 맞아?"

"한 명 뽑아. 그래도 내 성적으로 넣어볼 수도 없는 학교잖아."

"벌써 7년 전 일인데 목사님이 확인서를 써주실까?"

"그때 어린애가 혼자 성실하게 다니면서 세례도 받았다고 나 엄청 예뻐하셨어. 언제든 돌아오라면서. 엄마 돌아온 탕아 얘기 알지?"

"몰라. 나 불교잖아."

"그 정돈 상식이지."

양가 모두 대대로 불교 집안이고 딸 이름도 스님이 지어주셨다. 그런데 어느 크리스마스에 친구를 따라 교회에 갔던 딸이 갑자기 독실한 크리스천이 되었다. 딸의 길지 않은 인생에서 나에게 가장 많이 혼나고 유일하게 맞았던 일이다. 세례까지 받은 줄은 몰랐네.

교회는 단지 입구 3층짜리 상가의 3층 구석에 있

었다. 아파트가 재건축되면서 상가도 같이 철거됐고 그때 상가에 있던 가게 중 가장 마지막으로 우리 아파트를 떠났다. 딸이 새 주소를 받아 오긴 했는데 버스로 족히 30분은 걸리는 곳이었다. 아직 초등학생이던 딸은 자신이 없는지 주저했고 기회다 싶어 이런저런 겁을 주며 교회 가는 걸 막았다. 그걸로 허무하게 딸의 신앙생활도 끝났다. 이럴 줄 알았으면.

목사님께 확인서를 받아 오겠다고 나간 딸은 저녁 시간이 한참 지나서야 아무 소득도 없이 돌아왔다.

"옮긴 자리에서 1년도 못 있고 다시 더 먼 곳으로 옮겼대."

"왜 그렇게 금방?"

"신자는 별로 없는데 임대료가 너무 비싸서 버틸 수가 없었대."

무슨 카페 영업 얘기하듯 한다는 생각이 들었지만 말하지 않았다. 두 번째로 이사했다는 곳의 주소와 전화번호까지는 예전 신자들을 수소문해 어렵게 알아냈는데 전화를 걸어보니 태권도장이 되어 있었다. 현재 관장은 두 번째 관장인데 목사님 소식을 아느냐고 묻자 여기가 교회 자리였냐고 되물었다.

식탁에 앉아 한숨을 푹푹 내쉬는, 그러면서도 기어이 밥알 하나 남기지 않고 그릇을 깨끗하게 비우는 딸을 보는데 왠지 죄책감이 들었다. 딸은 내일 수업이 끝나면 태권도장 주변 상인들에게 물어 목사님을 꼭 찾겠노라고 했다. 나는 딸이 잠든 후 밤을 새워서 자기소개서를 썼다.

결국 목사님과는 연락이 닿지 않았다.

"목회 당분간 쉬신다고 했대. 공부하신다고 그랬다는데 어디서 무슨 공부를 하시는지 아무도 몰라. 장로회 목회자 명단에도 없고 예전 교회 이름으로는 검색도 안 되고."

딸은 갑자기 굵은 눈물을 뚝뚝 떨어뜨렸다. 어차피 합격할 가능성도 없었고, 지금 교회를 다니고 있지도 않고, 크리스천 전형이 있다는 것도 겨우 이틀 전에야 알아놓고 웬 오열? 섣불리 괜찮다고 할 수도 없고 같이 속상해할 수도 없어서 가만히 등을 쓸어주고 있는데 딸이 화를 냈다.

"이게 다 엄마 때문이야! 재건축해야 한다고 그렇게 몰려다니고 서명받고 시위하고 그러더니, 나 대학도 못 가게 생겼잖아! 어릴 때 친구도 하나 없고, 추억의 장소도 없고, 믿고 다니던 교회도 없고, 목사님도 없고!"

"다시 이사 올 때 제일 좋아한 사람이 누군데 그래?"

"좁은 집에 짐 대충 때려 넣고 살다가 우리 집으로 돌아온다고 생각하니까 좋았던 거지!"

"아니! 너 새 아파트라 좋다고 했어. 깨끗하다고, 반짝반짝한다고, 새집 냄새 난다고, 이름도 로열팰리스라고!"

딸은 눈물을 한번 쓱 훔치더니 미안해, 했고 나는 축 처진 딸의 어깨를 보며 마지막 말을 후회했다. 어쩌자고 나는 서른 살이나 어린 딸보다도 마음보가 작을까.

겨우 눈꺼풀을 들어 올렸다. 냉동실에 있던 죽을 데워 식탁에 두고는 다시 침대로 들어가 남편이 나가는 것도, 딸이 나가는 것도 보지 못했다. 아, 이제 밤샘 같은 건 안 되겠어. 꿈도 꾸지 않았다. 스위치를 딸깍 내려버린 듯 완벽한 잠이었다.

어디선가 단순하고 익숙한 멜로디가 들렸다. 뭐지? 꿈인가? 머리로는 생각하는데 몸이 움직여지지 않았다. 그러다 번뜩, 그것이 휴대폰 벨소리라는 것을 깨닫자 순식간에 잠이 달아났다. 딸이다! 시계를 보니 오늘도 점심시간이다. 또 왜? 왜 뭔데?

— 엄마! 불교 인재 전형이 있어!

"뭐?"

— 엄마 다니는 절 조계종 맞아?

"으응, 맞긴 해."

— 그럼 주지 스님한테 추천서 받을 수 있지?

추천서? 주지 스님? 가만 보자, 내가 마지막으로 절에 간 게 작년 초파일이던가. 오, 지저스, 나무아미타불!

후회하지 않기 위하여

-조해진

1976년 서울 출생. 2004년 《문예중앙》 신인문학상으로 등단. 소설집 『천사들의 도시』 『목요일에 만나요』 『빛의 호위』, 장편소설 『로기완을 만났다』 『아무도 보지 못한 숲』 『여름을 지나가다』 등이 있다. 2013년 신동엽문학상, 2016년 이효석문학상, 2018년 백신애문학상을 수상했다.

어, 하며 정혜가 멈춰 섰을 때 정혜를 지나쳐 복도
의 반대 방향으로 걸어가던 윤석도 걸음을 멈추고 뒤
를 돌아봤다. 돌아선 두 사람은 대본도 없이 갑자기
무대 위로 올라간 배우들처럼 무방비한 얼굴로 서로
를 잠시 마주 봤다. 먼저 정신을 수습한 쪽은 정혜였
다. 정혜는 어색하지 않은 분량의 미소를 지어 보이
며 윤석에게 다가갔다. 윤석은 무의식적인 가벼운 목
례를 했다가 이내 미세하게 얼굴을 찡그렸고, 다가온
정혜에게 한 손을 내밀었다. 아마도 목례는 습관에서
비롯된 실수인 듯했다. 하긴, 대학 사회에서 예우와
접대에 길들여진 습관은 흔했다.

"오랜만이다."

정혜의 말에 그러게, 대답하며 윤석은 뒤통수를 긁적였다. 정혜는 그런 윤석을 물끄러미 건너다보며 마음으로는 윤석과 한 시절을 공유했던 오래전의 기억들을 환기했고, 머리로는 윤석이 무슨 일로 D대학에 왔는지를 헤아렸다. 기억들의 윤곽은 흐릿했지만 윤석의 D대학 방문 이유는 분명했다. 지난주에 동아시아연구소에서 계약직 연구 교수를 채용한다는 공고가 떴으니 윤석은 아마도 그 채용 심사에 참여할 것이 분명한 황 교수에게 인사를 하러 왔을 터였다. 고급 와인이나 명품 로고가 찍힌 명함 지갑, 아니면 백화점 상품권이 들어 있는 책을 들고서. 황 교수가 제자나 후배들에게서 사적으로 선물 받는 것에 거리낌이 없으면서도 그 선물에 책임지지 않는다는 건 모르는 사람이 없었다. 욕심만 채울 뿐, 그 채워진 욕심으로 권력을 행사하지 않음으로써 현실적인 징계로부터는 완벽하게 보호받는다는 것도……. 황 교수는 정혜와 윤석의 대학 선배였다.

"어떻게 지내요? 바쁘진 않고?"

윤석은 존댓말과 반말을 섞어 그렇게 물었다. 마

치 공손함과 친근함을 양쪽 접시에 올려놓은 저울처럼. 한결같다고 정혜는 생각했다. 어떤 상황에서든 좋은 사람이라는 인상을 주고 싶어 하는 태도 말이다. 윤석은 그 좋은 평판으로 끊임없이 자신의 행위를 변호하면서 지나간 일들에 대해 스스로 무죄를 획득하곤 했다. 그래서 저토록 아무렇지도 않은 것이다. 그가 기억한다면, 자신이 어떤 방식으로 정혜의 마음을 저버렸는지 기억하고 있다면, 그는…….

"커피나 한잔하자. 시간 돼?"

정혜는 굳어져 있던 얼굴을 이내 풀며, 윤석의 대답을 듣기도 전에 앞장서서 걸었다. 윤석은 두 걸음 정도 뒤에서 정혜를 따라왔다. 그가 자신에게 복종할 수밖에 없는 이 상황에 일말의 쾌감이 밀려오는 걸 정혜는 부정할 수 없었다. 동아시아연구소 계약직 교수 채용 심사에 인문대 소속 정교수인 정혜가 개입할 확률이라면 윤석이 모를 리 없었다. 그 심사에 관한 한, 행정 보직에 연연하는 황 교수보다 2년째 사학과 학과장으로 내실을 다지는 데 공을 들여온 정혜에게 절반 가까운 권한이 있다는 건 비록 모를지라도.

정혜가 멈춰 선 곳은 교내 카페였다.

안부를 묻고 근황을 이야기하는 흔한 대화가 이어졌다. 윤석은 2년 전 논문이 통과되면서 쭉 시간강사를 해오고 있다고 말했다. 중간에 군대니 결혼 같은 휴지기를 참작한다고 해도 벌써 10년 전에 논문을 완성하고 5년 전부터는 D대학에 임용된 정혜와 시간 격차가 컸다.

"실은…… 와이프가 아팠거든. 논술 학원에서 일했어, 몇 년간."

정혜가 의아한 눈빛으로 쳐다봐서인지 윤석이 바로 이어 말했다. 와이프? 내가 석사과정생일 때 신입생으로 들어왔던 심민희? 돌연 입맛이 썼다. 민희는 그해 신입생 중에서 가장 눈에 띄는 미인이었고 집안이 부유하다는 소문이 돌았으며, 게다가 어렸다. 윤석이 아무리 진심을 내세워도 민희의 조건이 정혜의 것보다 우월하다는 건 누가 봐도 명백했다.

속물……. 정혜는 속으로 중얼거렸다. 아픈 아내를 위해 공부도 미루고 돈 벌러 다닌 걸로 순수를 가장하는 것인가. 그래 봤자 15년 전에 그는 속물이었고 조건 좋은 민희에게 가기 위해 정혜를 배신했다. 시간을 갖자고 했던 정혜에게 미련을 남기는 게 더 비접하다고, 마치 정혜를 위하는 척 세상 누구보다 슬픈 얼굴로 대답하기도 했다. 그때 그는 정혜에게서 유죄판결을 받았다. 항소가 불가능한 판결이었다.

"위암 3기였어. 전이도 있었고. 지금도 치료 중이야."

"……그래?"

"그래서 말인데 저기……."

"……."

"저, 저기, 논술 학원도 그만둔 지 꽤 됐고 이번에 내가 채용이 안 되면 비, 빚이……."

"……."

순간, 정적이 흘렀다. 정혜가 고개를 들었을 때, 그러나 윤석은 정혜의 시선을 피했고 아, 아니다, 말을 얼버무렸다. 이내 한 손으로 거칠게 얼굴을 문지르며 그는, 살짝 웃는 것도 같았다. 저 웃음의 의미는 쑥스러움일까, 굴욕감인가. 정혜가 해석할 새도 없이 윤석은 저녁에 강의가 있다며 곧 자리에서 일어났고 먼저 일어나게 돼서 미안하다는 말을 몇 번이나 반복했다. 떠나기 전 윤석은 정혜에게 목례했다. 이번엔 얼굴 한번 찡그리지 않았고, 오히려 계산된 행동인 듯

매끄럽고 반듯했다. 정혜는 카페에 혼자 남아 오래오래 커피를 마셨다.

동아시아연구소의 계약직 연구 교수 면접은 한 달 뒤에 있었다.

윤석은 다섯 번째 응시자로 면접실 안으로 들어왔다. 면접관은 네 명이었고 정혜는 황 교수 옆 가장 왼쪽 자리에 앉아 평가표를 들여다봤다. 평가는 다섯 개 항목으로 세분되어 있었고, 항목별로 최상위와 최하위를 뺀 나머지 점수를 합쳐 평균을 내는 식이었다. 공식적인 평가는 그랬다. 그러나 네 명의 심사위원들 가운데 한 명이라도 반대하는 응시자는 사실상 채용이 불가능했다. 채용 심사 결과는 면접 다음 날 개인적으로 통보될 예정이었다.

윤석의 점수는 최상위권이었지만, 그는 내일 저녁 전화를 받지 못할 것이다.

심사를 마치고 연구실로 돌아와 창문 앞에서 블라인드를 올리며 정혜는 생각했다. 누군가는 이별한 연인에게 가슴 저리는 그리움이나 애틋함 같은 아름다운 감정을 차용증처럼 품기도 하겠지만, 결코 그럴 수 없는 사람도 있다고. 블라인드를 다 올리기 전까지, 그러나 정혜는 오래전 연인에게 아낌없이 바쳤던 마음이 고작 환멸로 변성되어 남겨졌다는 걸 깨닫지 못할 터였다.

환멸의 시간은, 아직 오지 않았다.

봄

밤

-천운영

1971년 서울 출생. 2000년 《동아일보》 신춘문예로 등단. 소설집 『바늘』『명랑』『그녀의 눈물 사용법』『엄마도 아시다시피』, 장편소설 『잘 가라, 서커스』『생강』 등이 있다. 2003년 신동엽문학상, 2004년 올해의 예술상을 수상했다.

계집애는 개처럼 졸졸 쫓아왔다. 바싹 따라붙지도 아주 뒤처지지도 않은 채, 통영에서부터 서촌의 좁은 골목까지, 고속버스와 지하철과 마을버스를 갈아타고, 잔뜩 골이 난 길현 씨와 고개를 푹 숙인 순임 씨를 뒤따랐다. 길현 씨는 골목 입구에서 돌멩이를 하나 찾아 쥐고는 계집애 쪽으로 던지는 시늉을 하기도 했지만 정작 던지지는 않았다. 마침내 집 대문 앞에 다다랐을 때, 길현 씨가 몸을 획 돌려세우자, 순임 씨는 방어하듯 한발 물러섰고, 계집애는 그러거나 말거나 앞으로 둘러멘 아이 엉덩이만 두들겼다. 그들은 나들이 갔다가 다투고 돌아오는 일가족처럼 보이기도 했다.

　빌어먹을 애새끼 같으니라고. 아주 방패를 둘렀구먼, 방패를 둘렀어. 첨부터 작정을 했지. 노인네들 등쳐먹으려고, 작정을 했어. 어디까지 쫓아오려는 게야. 썩 꺼지지 못해? 가! 안 가? 확 돌멩이를 던질까 보다. 어쩔 거야? 어쩔 거냐고! 이녁이 책임져. 허구헌 날 버려진 화분이나 주워 나르더만. 그걸 덥석 받아 안아 가지고설라무네. 몰라 몰라, 난 몰라. 난 집에 들어가서 발 씻고 잘 테니까, 고 빌어먹을 것들은 이녁이 알아서 처리하라고.

　길현 씨는 침을 뱉듯 말하고는 손가방에서 열쇠 꾸러미를 찾아 문을 딴 다음 의기양양하게 문지방을 넘었다. 선을 긋듯 단호한 몸놀림이었으나 열쇠 꾸러미는 열쇠 구멍에 꽂아둔 채였다. 잠시 숨을 고른 순임 씨는 짐을 먼저 안으로 들여놓은 후 계집애에게 길을 터주었다. 문단속을 하고 돌아섰을 때, 대청마루에 한쪽 무릎을 세우고 앉아 코를 벌름거리고 있는 길현 씨가 보였다. 그것은 누군가를 맞는 길현 씨의 자세였다.

　길현 씨는 딱 그 모습으로 앉아 군대에서 돌아오

는 장남을 맞았고, 과일 바구니나 꽃다발을 들고 들어오는 예비 며느리들의 앞태를 가늠했다. 처음 문간 방에 살림을 차린 지 20년 만에 안방을 차지한 것이었는데, 그녀가 노린 것은 안방이 아니라 바로 그 대청마루였다. 문간방에서 대청까지는 아득하게 멀어 보였으나, 대청에서 내려다보는 문간방은 손에 잡힐 듯 가까웠다. 자식 넷이 결혼해 나가고, 마지막까지 옆에 붙어살던 막내딸이 독일로 유학을 떠나자, 길현 씨는 곧장 순임 씨를 불러들였다. 자식들의 반대가 없었던 것은 아니었으나 길현 씨의 결정에 토를 달지도 못했다. 기별을 받은 순임 씨는 그날을 평생 기다려온 사람처럼 일사불란하게, 집과 세간살이들을 처분한 다음 여행용 트렁크 하나에 짐을 챙겨 그 집으로 들어왔다. 대부분의 물건을 미련 없이 버렸지만, 50년 전 종로 시계방에서 구입했다는 일제 세이코 괘종시계만큼은 황금색 보자기에 싸 가슴에 품고 왔다. 순임 씨는 미사를 드리러 가는 천주교인처럼 하루 두 번 경건한 마음으로 시계태엽을 감았다.

순임 씨는 계집을 앞세우고 ㅁ자 구조의 집 마당을 가로질렀다. 계집애는 조용히 움직였다. 두리번거

리지도 않고 제집인 양 함부로 굴지도 않았다. 계집
애가 마당 한가운데 조성된 화단을 막 지나쳤을 때,
대청마루에 앉은 길현 씨가 엉덩이를 들썩이며 소리
를 질렀다. 어디까지 기어들어 오려는 게냐, 들어오
긴. 계집애는 무르춤하게 서서 화단에 핀 영산홍 무
더기만 내려다보았다. 화단은 순임 씨에 의해 오랜
시간 공들여 완성된 것이었다. 가운데 세면대를 치
우고 벽돌을 쌓아 터를 잡고, 인근 산을 오가며 배낭
에 엽토를 짊어 날랐으며, 먹고 난 사골이나 돼지 등
뼈 같은 것을 묻어 흙을 비옥하게 만들었다. 길현 씨
는 고추나 상추, 가지 같은 채소를 심어야 한다고 주
장했으나, 순임 씨는 오로지 꽃나무만을 고수했다.
동백부터 영산홍 달리아 샐비어 나리 꽃무릇 구절초
까지. 벽돌을 따라 줄지어 늘어놓은 화분들은 모양과
크기와 재질은 물론 자라는 식물들까지 제각각이었
는데, 거의 대부분 순임 씨가 어디선가 주워 온 것들
이었다. 궁색이 몸에 배어설라무네, 혀를 차며 질색
하던 길현 씨도, 다 죽어가던 식물이 출하 직전의 화
훼 농장 화분처럼 생생해지는 것을 본 후부터는, 어
디선가 다 말라비틀어진 식물을 주워 와 그녀 앞에

들이밀곤 했다. 어이 의사 양반 이것 좀 살려봐, 기술
좀 발휘해보라고.

순임 씨가 대청에 올라 짐을 다 풀어놓을 때까지,
길현 씨는 최대한 허리를 꼿꼿이 세운 채 독기 어린
눈초리를 유지하고 있었다. 잠에서 깨어난 아이가 옹
알이를 했다. 순임 씨가 포대기에서 아이를 빼내 안
으면서 계집애를 슬그머니 마루 쪽으로 밀었다. 순임
씨는 아이를 내려놓고 옷을 벗겼다. 오래 갈지 못한
기저귀에 똥이 바싹 말라붙어 있었다. 계집애는 마루
에 엉덩이만 살짝 걸친 채 배낭에서 젖병과 기저귀를
찾아 꺼냈다. 계집애가 기저귀를 가는 동안, 순임 씨
는 물을 데워 젖병을 채워 왔다. 두 사람 다 익숙지 않
은 손놀림이었지만 오래전부터 함께 해온 사람들처
럼 손발은 잘 맞았다. 아이를 안고 젖병을 물린 사람
은 순임 씨였다.

오지랖도 참 가지가지 한다. 왜 쭈그렁 젖이라도
꺼내보시지, 쭉쭉 잘도 나오겠구만, 쭈그렁 할망구
젖. 두 사람을 번갈아 보며 입을 삐죽거리던 길현 씨
가 더 이상은 못 봐주겠다는 듯 치맛자락을 감아쥐고
일어섰다. 계집애는 길현 씨가 쿵쿵 발소리를 내며

안방으로 들어가고도 한참 뜸을 들인 후에야 엉덩이를 조금 더 안쪽으로 들이고 앉았다. 신발은 벗지 않은 채였다. 한동안 애 젖 빠는 소리만 가만가만했다. 순임 씨의 몸이 박자를 맞추듯 좌우로 살짝살짝 흔들렸다. 계집애의 몸이 닿을 듯 말 듯 했다. 별안간 안방 문이 요란스레 열리더니 길현 씨가 우렁차게 외쳤다. 뭐하고들 앉았어! 어서 자지 않고서는. 고함과 함께 베개가 툭 튀어나오더니 이어 이불 한 채가 문지방을 타고 넘어왔다. 길현 씨가 셋째 며느리에게 혼수로 받아 장롱 속에 모셔둔 새 명주 이불이었다.

건넛방에 잠자리를 펴주고 나온 순임 씨는 조용히 안방 문을 열었다. 길현 씨는 만세 자세로 잠들어 있었다. 불을 끄고 길현 씨 옆에 몸을 들였다. 이불 안이 따스했다. 길현 씨가 발도 안 씻고 잔다며 잠꼬대처럼 웅얼거렸다. 순임 씨는 처음으로 저녁 시계태엽 감는 일을 빼먹었음을 깨달았다. 하지만 이불 속에서 몸을 빼고 싶지는 않았다. 길고 피로한 하루였다. 그들은 어떤 것도 가늠하지 않고 어떤 말도 보태지 않았다. 어쩌다 그리 어린 여자애가 갓난애를 배낭처럼 둘러메고 그 먼 통영까지 갔는지, 무슨 사연과 속

셈으로 그들을 따라오게 되었는지. 그 집에서 얼마나 오래 머물게 될지. 길현 씨가 낮게 코를 골기 시작했을 때, 괘종시계가 울렸다. 깊고 묵직한 자정이었다. 종소리가 멈추자 사방이 고요해졌다. 고요가 다정하고 편안했다. 갓난애 옹알이 소리가 간간이 묻어오는, 봄밤이었다.

세상에서
가장

게으른   자의

죽음

-최수철

1958년 춘천 출생. 1981년 《조선일보》 신춘문예로 등단. 소설집 『공중누각』 『화두, 기록, 화석』 『내 정신의 그믐』 『몽타주』 『갓길에서의 짧은 잠』 『포로들의 춤』, 장편소설 『고래 뱃속에서』 『어느 무정부주의자의 사랑』(4부작) 『벽화 그리는 남자』 『불멸과 소멸』 『매미』 『페스트』 『침대』 『사랑은 게으름을 경멸한다』 등이 있다. 1988년 윤동주문학상, 1993년 이상문학상, 2009년 김유정문학상, 2010년 김준성문학상을 수상했다.

세상에서 가장 게으른 자는 누구일까. 얼핏 들으면 황당한 질문처럼 여겨지지만, 구평모라는 남자와 어느 정도 가까이 지내본 사람들에게는 그렇지 않다. 세상에서 가장 게으른 자를 꼽으라면, 그들은 망설임 없이 곧바로 구평모를 떠올리는 것이다. 그들의 말에 따르면, 평모는 초등학교를 다닐 때 두 차례 낙제를 했고, 중학교 때는 결석 수가 너무 많아서 퇴학을 당했으며, 군 복무는 낮은 학력과 좋지 못한 건강 상태로 인해 면제되었다. 자연히 오랫동안 부모의 도움을 받으며 백수로 지낼 수밖에 없었는데, 친척의 소개로 한때 어느 중소기업의 말단 사원으로 일했고, 그 시절에 가히 기적적으로 결혼도 했다. 그러나 누구나 예상했던 대로 결혼한 지 몇 달 만에 회사에서 쫓겨나 지금은 아내에게 얹혀사는 형편이었다.

그런데 여기에서 이상한 현상이 발생한다. 평모를 세상에서 가장 게으른 자라고 주장하는 사람들 사이에 사실은 견해차가 크다는 사실이다.

어떤 사람들은 평모가 실제로 어렸을 적부터 지금까지 매사에 게으르기가 타의 추종을 불허했다고 잘라 말했다.

반면에 어떤 사람들은 다소 다른 견해를 보였다.

"평모가 남들보다 행동이 굼뜬 건 사실이지만, 유별날 정도는 아니었어요. 다만 짧은 다리와 굵은 목, 약간 처진 눈꼬리, 펑퍼짐한 몸피가 서로 절묘하게 어우러져서 누구보다도 게으르다는 인상을 불러일으키는 거지요. 평모라는 이름도 그렇고요."

그런가 하면, 적잖은 사람들이 다분히 인신공격적인 발언을 아무런 거리낌 없이 입에 담았다.

"무엇보다도 평모의 기질과 습성, 그리고 사고방식의 나태함과 안일함이 문제지요."

이상한 현상은 여기에서 그치지 않는데, 평모가

왜 그토록 게으른 자가 되었는가에 대해서도 사람들의 의견이 분분하다는 점이었다.

우선, 그의 친척들 가운데 하나는 평모에 대해 무척 온정적인 태도를 보여주었다.

"평모를 낳을 때 어머니가 몸이 약해서 무척 고생을 했어요. 결국 제왕절개 수술을 받아야 했지요. 우리는 평모가 분만일보다 며칠이나 늦게 천신만고 끝에 세상의 빛을 보았다는 걸 잊으면 안 돼요."

그런가 하면 평모의 절친한 친구라고 자기를 소개한 한 남자는 상당히 논리적인 분석을 내세웠다.

"평모는 그저 모든 게 귀찮아서 아무것도 하지 않으려는 인간이 아니에요. 평모에게는 나름의 소신과 철학이 있어요. 말하자면 어떤 일을 해야 할 때, 왜 꼭 그렇게 해야 하는지 곰곰이 생각에 잠기는 거예요. 그러다 보니 타이밍을 놓치거나, 아예 단념해버리게 되는 거지요. 예를 들어 이런 거예요. 약간 안면이 있는 누군가가 그에게 악수를 하자고 손을 내밀면, 평모는 왜 그 손을 잡아야 하는지 속으로 따져보지요. 그런데 우리가 일상생활에서 꼭 악수를 해야 하는 경우가 얼마나 있겠어요. 그저 습관적이고 의례적으로 그러는 거잖아요. 평모는 그런 관습적인 행동들, 남들은 그저 당연하게 여기는 행동들을 하지 않으려는 거예요. 한마디로 평모에게는 삶의 부조리에 대항하려는 굳은 의지가 있어요. 그런 점에서 우리는 그를 존중해야 해요. 언젠가 평모가 내게 이런 말을 했어요. 어린 나이에 문득 자신이 인형이나 로봇과 다를 바 없다는, 남들이 하는 대로 흉내 내거나 남들이 시키는 대로 따르며 살고 있다는 사실을 깨달았대요. 그래서 그 후로는 그런 마비된 순간들에서 벗어나 각성된 삶을 살고 싶었다는 거예요. 요컨대, 평모는 평범한 우리와는 달리 늘 중요한 말과 중요한 행동만을 하며 살려 했어요. 그런데 막상 세상에는 중요하게 해야 할 말과 중요하게 해야 하는 일이 그리 많지 않다는 사실을 알고서 놀라고 실망한 나머지 저렇게 되고 만 거지요.”

그러자 그 말을 듣고 있던 사람들 가운데 하나가 약간 냉소적인 어조로 물었다.

“혹시 말이지요, 사실은 모든 게 귀찮다 보니 자기의 게으름을 정당화하기 위해 그런 말을 지어냈다고 생각하지는 않나요? 어쩔 수 없이 꼭 필요한 일 외에는 아무것도 하지 않기 위해서 말이지요. 물론 그토록 게으른 사람이 그런 생각이라도 했다는 게 정말 놀라운 일이긴 합니다만."

평모의 친구가 대꾸할 말을 찾느라 갑자기 얼굴이 벌게져서 머뭇거리고 있을 때, 뒤쪽에서 누군가가 점잖은 목소리로 중얼거렸다.

"평모는 다만 누구보다도 낙천적인 사람이었어요. 우리는 늘 불안하고 초조해서 아등바등하며 살아가지요. 하지만 평모는 그러지 않아도 충분히 살아갈 수 있다는 걸 알았던 거예요. 성서에도 이런 말이 있잖아요. '너희가 어찌 의복을 위하여 염려하느냐. 들판의 백합이 어떻게 자라는지 보라. 수고도 아니 하고 길쌈도 아니 하느니라. 그러므로 무엇을 먹을까, 무엇을 마실까, 무엇을 입을까 걱정하지 말라.'"

물론 모든 사람이 알기로 평모는 결코 기독교도가 아니거니와 어떤 종교도 가지고 있지 않았다. 따라서 그 점잖은 사람의 주장은 그다지 설득력이 있다고 할 수 없었다.

그보다는 이쪽에서 예전에 평모를 진찰한 정신과 의사의 말을 되새겨보는 게 더 의미가 있을지도 모른다. 평모는 중학교를 그만둔 뒤 어머니의 강요로 정신과에서 상담을 받았던 터였다.

"내가 보기에 평모는 우울증이 있었어요. 삶에 대한 허무감이 깊었고, 그러다 보니 살아가는 일에서도 늘 최소한만 할 수밖에 없었지요. 게다가 가슴속 깊이 자살 충동도 들어 있었어요. 그런 사람들은 일상적인 일들을 소홀히 하는 건 물론이고, 위험이 닥쳐도 피하려 하지 않아요. 예를 들어 자동차가 인도로 뛰어들어도 그 차 덕분에 자기가 죽을 수 있다는 생각에 그 자리에 서 있는 거지요. 그 모습이 남들이 보기에는 매사에, 그러니까 중요하고 심지어 치명적인 일에 대해서도 게으르게 대처하는 것으로 보일 수 있다는 말입니다."

이런저런 이야기를 듣고 있다 보면 한 가지 의문을 가지지 않을 수 없다. 대체 어떻게 그토록 게으른 사람이 결혼을 할 수 있었을까. 이 점에 대해서는 그의 아내가 하는 말에 귀를 기울여보는 게 타당할 것이다.

"그 사람의 첫인상은 정말 특별했어요. 마치 늘 이인삼각 경주를 하는 사람 같다고나 할까요. 누군가와

발이 묶인 채 어색하게 절뚝거리며 걷는 듯한, 매 순간 뭔가에 제동이 걸려서 이러지도 저러지도 못하는 듯한 모습이 흡사 영혼과 육체가 한데 꽁꽁 묶여 고통받는 것처럼 보였어요. 이를테면 작은 고깃배의 갑판에 묶여 있는 알바트로스처럼 말이지요. 하지만 이제 내게는 그런 감정이 남아 있지 않아요. 나는 이제 저 사람이 어떤 위인인지 알아요. 좀 더 게으르게 살기 위해 결혼이라는 엄청나게 장하고 대단한 일을 해낸 거지요."

그런데 여기에서 결코 간과해서는 안 되는 사실이 하나 있다. 그것은 자신의 행동에 대해 사람들이 이러쿵저러쿵하는 말들에 대해 평모 자신이 잘 알고 있었다는 사실이다. 그런 의미에서 이제 이 이야기의 초점을 평모에게 맞추기로 하자.

어느 날, 평모는 일찌감치 잠자리에 들었다가 새벽녘에 잠이 깼다. 늦게까지 야근을 하고 돌아온 아내가 옷도 제대로 벗지 않고 침대로 기어들어 오는 기척을 느꼈기 때문이었다. 그는 오른쪽 팔을 옆으로 벌리고 있었는데, 그때 왼쪽으로 몸을 돌리던 아내의 머리가 그의 팔 위에 얹어졌다.

그는 약간 놀라서 고개를 돌려, 달빛에 어렴풋이 드러난 아내의 지친 얼굴을 물끄러미 바라보았다. 그때 그동안 한 번도 해보지 않은 생각이 그의 머릿속으로 밀려들었다. '과연 나는 누구인가. 남들의 말대로 나는 세상에서 가장 게으른 자인가, 세상의 부조리와 싸우려는 자인가, 허황되게 마비와 각성 운운하는 과대망상가인가, 아니면 자살 충동에 시달리는 우울증 환자인가, 그것도 아니면 그저 아내를 착취하며 무위도식하는 기생충인가.' 그로서는 쉽게 대답을 얻을 수 없었다. 어쩌면 그는 그 모든 것이거나 그 모든 것이 아닌지도 몰랐다. 하지만 그것이야말로 세상에서 가장 게으른 대답이었다.

그때 아내의 머리에 눌린 팔이 저려오기 시작했고, 그럴수록 그의 머릿속은 점점 더 혼란스러워졌다. 하지만 그는 팔을 뺄 수 없었다. 팔을 빼는 게 귀찮아서인지 아니면 아내를 깨우지 않으려는 배려에서인지 그 자신도 알 수 없었다. 그 상태로 좀 더 시간이 지났고, 결국 그의 팔은 뻣뻣하게 경직되어 갔다. 이제 곧 팔을 빼고 싶어도 뺄 수 없게 될 게 분명했다. 하지만 달빛이 엷어지면서 더욱 검고 초췌하게 변해가는 아내의 얼굴이 눈에 들어오자, 차마 팔을 거둘수 없었다. 그때 문득 그는 마음이 흐뭇해졌다. 난생처음으로 타인을 위해, 아내를 위해 자신을 희생하고 있다는 느낌이 들어서였다. 하지만 바로 그 순간 마침내 완전히 마비된 팔에서 비롯된 고통이 온몸을 뒤흔들었다. 그가 막 비명을 지르려 할 때 어떤 시커먼기운이 심장을 움켜쥐었고, 평생 운동을 게을리한 탓에 가뜩이나 약해진 그의 심장이 박동을 멈추면서 마지막 숨이 입 밖으로 빠져나갔다.

늦은 아침에 아내가 잠에서 깨어났을 때, 그녀는 뻣뻣하게 굳어버린 평모의 팔을 여전히 베고 있었다. 남편의 팔이 저리겠다 싶어 고개를 들던 아내는 그가 죽었음을 알고서 비명을 내지르며 일어나 앉았다. 그러고는 눈 감는 것도 입 다무는 것도 건너뛰고서 눈을 크게 뜨고 입을 헤벌린 채 숨을 거둔 남편을 내려다보며 탈진한 목소리로 중얼거렸다.

"당신, 내 머릿밑에서 팔을 빼는 것도 귀찮아서 그저 죽어버리다니, 정말 세상에서 가장 게으른 사람 같으니라고."

집의 조건

-한유주

1982년 서울 출생. 2003년 《문학과사회》 신인문학상으로 등단. 소설집 『달로』 『얼음의 책』 『나의 왼손은 왕, 오른손은 왕의 필경사』, 장편소설 『불가능한 동화』가 있다.

이 집이 아가씨가 찾는 조건에 딱 맞아. 5층이라 계단 오르내리기 힘들 것 같지만 한번 살아봐요. 대신 채광이 아주 좋아. 나보다 한발 앞서 계단을 올라가고 있던 부동산 중개인이 말했다. 존대와 하대가 뒤섞인 그의 말 사이사이 거친 숨소리가 섞여 있었다. 다 올라왔나 싶어 고개를 들었더니 고작 4층이었다. 옥상도 있어서 아가씨가 빨래 널기에도 딱 좋아. 나는 아가씨가 아니며 빨래를 남들 눈에 띄는 곳에 널 생각도 없다고 말할까 말까 망설이는 사이, 중개인은 501호 초인종을 누르고 있었다. 대답이 없자 그는 문을 주먹으로 두드리며 집 보러 왔다고 외쳤다. 집 안에서 뭔가 쓰러지고 황급히 추스르는 듯한 소리가 들렸다. 마침내 안에서 문이 열렸을 때, 나는 낭패라고 생각했다. 바로 벗기 힘든 신발을 신고 있어서였다. 조금 전 공인중개사 사무실에서 처음 만난 중개인은 나를 보자마자 하수라고 생각했을 것이다. 그러니 내가 부른 금액보다 이천 더 비싼 집부터 보자고 했을 것이다. 내가 그 가격은 무리라고 여러 번 말했지만 중개인은 일단 집을 보면 생각이 바뀔 거라며 나를 채근했다. 작고 좁은 현관에 들어서자마자 고개부터 숙이고 반장화 지퍼를 내리면서 실례하겠습니다, 하고 말했다. 실례하겠다는 말이 딱히 예의를 차린다기보다는 일종의 통보로 여겨져 묘한 기분이 들었다. 겨울이었음에도 샌들을 신고 있던 중개인은 이미 거실을 장악하고 형광등을 있는 대로 켜고 있었다. 아니, 불을 하나도 안 켜고 사시나 보네. 그는 현 세입자 역시 하수라고 생각하고 있는 것이 분명했다. 트레이닝복 차림의 세입자는 당혹스러운 표정이었지만 애써 정중한 태도로 말했다. 찬찬히 보세요. 그런데…… 저희 집주인이 벌써 집을 내놓으셨나 보네요.

아주 깔끔하게 해놓고 사시네. 중개인이 호들갑

스럽게 말했다. 주방 겸 거실이라고 들었던 공간은 주방도 거실도 아니었다. 싱크대 옆으로 조그만 창 하나가 있을 뿐 그 외에는 빛이 들어올 만한 틈이 보이지 않았다. 한쪽 벽에는 붙박이장이 있었다. 저거 뗄 수 있어요? 내가 그쪽을 가리키며 묻자 현 세입자는 망설이다 잘 모르겠다고 대답했다. 만약 뗄 수 있다면 안쪽에 창이 있을지도 몰라. 거실에는 1인용 소파 하나와 접이식 테이블 하나뿐이었다. 이 집에 내 짐을 전부 넣을 수 있을까, 생각하는 사이 중개인은 이미 화장실에 들어가 있었다. 아가씨, 이리 와봐요. 수압도 좋고. 봐, 곰팡이 하나 없잖아. 화장실 문에서 정면으로 바라보이는 세면대에는 칫솔 두 개와 튜브 중간이 움푹 들어간 치약, 손 세정제가 있었다. 거울이 얼룩 하나 없이 말끔하게 닦여 있다는 것이 조금 놀라웠다. 두 분이 사시나 봐요. 방 하나에 주방 겸 거실 하나인 구조라고 들었으므로 조금 비좁겠지만 둘이 살 수도 있겠다는 생각이 들었다. 하지만 세입자는 잠시 망설이다 혼자 산다고, 둘이 살기에는 좀 좁지 않겠느냐고 대답했다. 그러자 중개인이 개입했다. 아니, 혼자 살기엔 너무 넓지. 둘이 살아도 돼, 이 정

도면. 나는 내 책들을 생각했다. 윗집에서 세탁기가
얼어 수도관이 터지는 바람에 내 세탁실도 물 폭탄
을 맞았고, 그 현장을 보러 올라온 아랫집에 사는 건
물 주인이 벽이란 벽은 모두 두른 내 책들을 보고 그
날부터 자신의 피땀으로 지어 올린 빌라가 엄청난 책
들의 무게로 인해 무너질지도 모른다는 강박에 시달
리게 되었던 것이다. 나 역시 비슷한 강박이 있었다.
서울에 지진이라도 발생하는 경우, 내가 책들에 압사
당할 가능성은 충분했다. 그러므로 나는 아침마다 내
현관문을 사정없이 두드리며 제발 이사를 가달라는
집주인의 요구 혹은 애원을 받아들이기로 했다. 주인
이 이사 비용의 절반과 중개 수수료의 절반을 주겠다
고 한 데다가 나도 책이라면 진절머리가 났다. 짧아
야 1년에 한 번, 길면 죽을 때까지 한 번 읽을 책들을
이렇게 많이 가지고 있을 필요가 있을까, 나는 여러
번 자문했지만 차마 버릴 수는 없었다. 붙박이장을
떼어낸 자리에 책장을 놓을 수 있을 거야, 그러면 창
은 어떡하지. 싱크대 옆 조그만 창으로 들어오는 햇
빛을 가늠했을 때 이 집은 북향이었다. 침실은 어디
죠? 내가 물었다. 변기 물을 내리고 있던 중개인이 다

시 중개에 나섰다. 침실이 남향이라 햇빛이 잘 들죠? 그러자 세입자의 얼굴에 다시 한번 당혹스러운 표정이 비쳤다. 아…… 네…… 그렇기는 한데…… 지금 누가 자고…… 나는 무심코 현관 쪽을 바라보았다. 각종 배달 음식점 쿠폰들이 덕지덕지 붙은 현관문 아래 바닥에는 세입자의 것으로 보이는 투박한 운동화 하나뿐이었다. 화장실에서 침실로 이어지는 짧고 좁은 복도에는 트레이닝복 몇 벌과 야구 유니폼, 야구 방망이가 걸려 있었다. 유니폼 상의 배면에 김의한이라는 이름이 마킹되어 있었다. 처음에는 세입자의 이름인가 했지만 이내 김의한이라는 야구 선수를 들어본 것 같다는 생각이 들었다. 저쪽이 침실인가요? 내가 물었다. 중개인은 난처한 표정으로 나와 세입자를 번갈아 바라보았다. 아니, 살짝, 아주 잠깐만이라도 보여주면 안 되나요? 이십 대 후반쯤으로 보이는 세입자에게도 존대와 하대를 섞어 말하던 중개인은 이제 간절하면서도 고압적인 말투로 존댓말을 올려 붙이고 있었다. 아니, 아무리 그래도 햇빛 잘 드는 방을 한번 보고 가야겠죠? 나 역시 침실을 보고 싶었다. 침실이 남향이라니, 말도 안 되는 설계라고 생각했지만 20

여 년 주기적으로 이사를 다니다 보니 말도 안 되는 별의별 집들을 여럿 보아왔으므로 암막 커튼으로 해결할 수 있는 문제는 차라리 간단하다는 생각도 들었다. 거실과 침실을 바꾸어 사용하면 되지 않을까. 위풍당당한 중개인의 태도에 기가 눌렸는지, 세입자가 마침내 잠시만 기다려달라고 말했다. 뭐 하나만 치울게요. 잠깐만요. 중개인이 나를 바라보며 눈을 찡긋했다. 그 의미를 알아차릴 수 없었던 나는 가스레인지 뒤쪽 타일이 의외로 얼룩 없이 깨끗한 데 주목했다. 거의 배달 음식으로 연명하는 사람인 것 같았다. 침실 쪽에서 뭔가 펄럭이는 소리가 들렸다. 누가 자고 있다더니……? 이불을 덮어주는 모양이었다. 트레이닝복과 야구 유니폼 따위를 헤치고 다시 거실로 나온 세입자가 말했다. 불은 꺼놨어요. 그런데 안으로 막 들어가지는 마시고요…… 나는 본격적으로 실례를 해야겠다고 생각하며 침실로 다가갔다. 암막 커튼 틈새로 오후 4시의 햇빛이 가늘게 들어와 창문 맞은편 벽에 놓인 싱글 크기 침대 위로 떨어지고 있었다. 정말 누가 자고 있기는 한 것인지 이불을 뒤집어쓴 사람의 형상이 있었다. 간이 옷장과 협탁, 침대 하나가 충분히 들어갈 만한 방이었다. 침대 옆에 폭이 긴 책장을 하나 놓을 수도 있을 것 같았다. 아유, 방이 아주 크고 좋네. 중개인은 다시 나를 하대하고 있었다. 방의 크기를 대강 어림하고 문간에서 물러나려는데 침대 아래쪽으로 둥근 형태의 작고 검은 얼룩 몇 개가 보였다. 모빌 따위의 그림자일까, 생각했지만 그 방에 모빌이나 여타 장식품은 없었다. 세입자는 거실 한가운데서 형광등을 등지고 선 채로 이쪽을 주시하고 있었다.

잘 봤습니다. 벗기 힘든 신발은 신기도 힘들다고 생각하며 나는 반장화에 발을 넣었다. 이사 날짜가 언제였죠? 중개인이 물었다. 나는 2월 중순쯤으로 생각한다며, 한 달 좀 넘게 남았다고 대답했다. 미처 다용도실이나 베란다를 보지 못했다는 게 생각났지만 어쩐지 안 봐도 될 것 같았다. 그게, 저도 집을 알아봐야 하니까요…… 세입자가 말했다. 그래도 한 달 반이면 여유가 있는 편이지. 나보다도 빠르게 샌들에 발을 꿰고 도어락 버튼을 누르고 있던 중개인이 말했다. 그가 문을 열었다. 계단참의 한기가 빠르게 밀려들어 왔다. 내가 마침내 신발을 다 신고 몇 분간 범한 실례에 대해 마지막으로 인사말을 남기려고 고개를 들었을 때, 여전히 거실 한가운데 서 있던 세입자가 천천히 오른손 검지를 바닥을 향해 한 번, 나를 향해 한 번 가리켰고, 마지막으로 손을 쫙 펴서 천천히 목을 긋는 시늉을 해 보였다. 형광등을 등지고 서 있었으므로 그의 표정은 보이지 않았다. 그 순간 머릿속이 하얗게 질린 나는 황급히 고개를 돌려 중개인을 바라보았다. 그는 이미 문을 활짝 열어두고 계단을 내려가고 있었다. 그가 계단을 내려가며 무어라 무어라 말하고 있었지만 전혀 알아들을 수 없었다. 열두어 칸쯤 될 계단이 그토록 아득하게 보였던 것은 그때가 처음이었다. 이제와 떠올려보니 그랬다는 말이다.

고   향

-한창훈

1963년 여수 출생. 소설집 『가던 새 본다』 『세상의 끝으로 간 사람』 『청춘가를 불러요』 『나는 여기가 좋다』 『그 남자의 연애사』 『행복이라는 말이 없는 나라』, 장편소설 『홍합』 『섬, 나는 세상 끝을 산다』 『꽃의 나라』 『순정』 『네가 이 별을 떠날 때』, 산문집 『내 밥상위의 자산어보』 『내 술상위의 자산어보』 『한창훈의 나는 왜 쓰는가』 『공부는 이쯤에서 마치는 거로 한다』, 어린이 책 『검은섬의 전설』 『제주선비 구사일생 표류기』 등이 있다. 1998년 한겨레문학상, 2009년 요산문학상, 2009년 허균문학작가상을 수상했다.

부부가 섬에 들어온 건 넉 달 전이었다.

경기도 어름에서 이어온 수도권 생활을 청산하고 남해 바다 멀리 떨어진, 오래도록 비어 있던 남편의 본가로 찾아 들어온 것이다. 그 집은 최후의 보루였고 육지 생활 청산의 말 못 할 사정은 부부만의 비밀로 유지되었다. 마지막 카드를 꺼낸 것이지만 어쨌든 여생을 자연과 함께 보내겠다는 보편적인 선택으로 주변에서, 스스로도, 받아들여졌다. 고향이니까.

처음 한 것은 사랑방 도배였다. 장판도 새로 깔았다. 안방에는 단수라고 불렸던 유리창 달린 서랍장, 장롱, 동백나무 괴목 탁자 따위가 가득 들어 있어서 치우기에 벅찼다. 더군다나 남편 입장에서는 그 물건들에 대한 기억은 있으나 아름다운 추억까지는 아니었다. 그가 기억하는 집구석이란 늘 암울했다. 아버지는 무능했고 어머니는 비루했으니 자식들도 다르지 못했다. 그가 중학교를 졸업하자마자 섬을 뜨면서 마음도 함께 떠난 이유였다. 그 물건들이 그런 과거를 확인해주어서 안방이 탐탁지 않았던 것이다.

한 달이 지나자 문제가 생겼다. 장판 주변과 벽에 습기가 차더니 하루가 다르게 영역을 넓혀나갔고 곰팡이가 피기 시작한 것이다. 시간이 갈수록 냄새도 심했다. 남편은 가두리 양식장으로 일을 나갔기 때문에 밤에만 그랬지만 아내는 진종일 그 냄새를 맡아야 했다. 재차 도배지를 사 온 부부는 그저 너무 오래 비워놓은 탓이려니 했다. 그러나 상황은 똑같이 되풀이되었다. 다시 한 달 뒤 도배를 또 해야 했다.

삼사일만 지나면 괴는 물기와 피어나는 곰팡이를 보면서 남편은 속이 상했다. 고향 집이라고 돌아왔는데 따뜻한 환대라곤 없는 거였으니까. 그것 때문에 그는 집을 나서면 만나게 되는 푸른 바다와 내리쬐는 화사한 햇살에 아무런 감흥을 받지 못했다. 이제는 맘이라도 편하게 살겠군, 했던 기대도 뒤죽박죽 엉망이 되어버렸다.

되풀이되는 방의 거부 때문에 잠이 편안치 않았다. 꿈을 꾸었다 하면 귀신 종류로 분류해야 마땅할 것들이 나타났고, 쉬 사라지지 않았다. 올라타서 목을 죄는 사람 형상도 있었다. 그럴 때마다 숨 가쁘게 깨었고 다시 잠들기 어려웠다. 잠자리가 불편하니 아침이 개운하지 않았고 저녁 시간도 반갑지 않았다. 그것은 아내도 마찬가지였다. 부부는 공기 맑은 섬에 돌아온 지 몇 달 만에 육지 몇 년 치만큼 늙어버린 얼굴이 됐다.

주변서는 수맥을 운운했다. 사실, 가장 먼저 떠오르는 게 그 단어이긴 했다. 그것 말고는 아는 게 없으니까. 수맥의 나쁜 기운이 집안의 운명으로 이어졌을 것 같은 느낌이 들기도 했다. 하지만 그는 일부러 고개를 저으며 코딱지만 한 섬에 수맥이 있으면 얼마나 있겠는가, 자신에게 항변했다. 설사 수맥이 흐른다 하더라도 가두리 양식장에서 아예 먹고 자는 다른 직원이나 몇 달씩 배에서만 사는 선원들은 그렇다면, 수맥 정도가 아니라 거대한 바닷물을 깔고 자는 셈인데, 그들 인생은 어떻게 설명할 것인가, 주변에 따지기도 했다.

곤란은 계속되었다. 부부가 서로의 얼굴에서 커다란 다크서클을 발견한 날 남편은 충동적으로 이불과 장판을 걷어냈다. 역시나 그들이 몸을 눕혔던 곳에는 물기가 가득했다. 그는 시멘트 바닥을 노려보다가, 세월이 흘러도 변하지 않은 집구석 정체성에 대한 반감이 부풀어 올랐기 때문에, 달려가 곡괭이를 가져온 다음 아버지 묘를 파내듯 내리찍었다.

조금은 우습게도 곡괭이질 한 번에 허무하게 깨졌는데 그 두께가 몹시 얇았던 것이다. 그리고 그 아래 또 다른, 몹시 오래된 장판이 있었다(그것은 더욱 축축했다). 남편은 자신을 괴롭히는 어떤 존재의 외투를 벗기듯 조심스럽게 그것도 걷어냈다. 그러자 이번에는 독한 냄새를 풍기는, 시커멓게 변한 판자들이 나타났다. 이런 경우, 한번 문을 열고 들어간 이상 도중에 돌아 나오지 못한다. 판자 아래 장판이 또 나왔다. 그는 갸우뚱했다. 직접 방을 만들어본 적은 없지만 도대체 누가 이렇게 복잡하게 만든단 말인가. 그 장판은 거의 삭아서 손을 대는 순간 가루처럼 부서졌다. 그리고 뜻밖에도 판자보다 심하게 썩어가는, 두 툼한 나무판이 등장했다. 냄새는 더욱 심하게 피어올 랐고 사이사이 구멍 난 곳으로는 형체가 불분명한 공 간이 얼핏 보였다.

"저 아래 뭐가 있는 거야, 무서워 죽겠어."

지켜보던 아내가 마침내 입을 열었다. 그들은 도 망치듯 방을 빠져나왔다. 지금까지 걷어낸 것만으로 도 그들의 잠자리는 엉망이 되어 있었다. 남편도 같은 생각이었다. 나무판 아래 무어가 있을까. 돌아가는 꼴 로 봐서 시체가 들어 있다 해도 하나도 이상할 것 없 는 형국이었다. 그는 잠시, 꿈에서 보았던 귀신 형상 들과 자신의 가족 친지 중에 행불이 있는지 따져보기 까지 했지만 시체는 꼭 가족이 아니어도 가능했다.

시체 대신 상상 이상의 것이 있을 수도 있었다. 그 게 무어든 집안 무기력의 근원이 거기에 있을 것 같 은 생각은 떠나질 않았다. 그는 마지막 용기를 짜내 어, 아내의 제지를 무릅쓰며 재차 뛰어들어 갔다. 다 시 냄새와 습기가 코를 찔렀다. 그는 숨을 참아가며, 동시에 씩씩거리며 썩은 나무판을 들어냈다. 약간의 시간이 흐른 다음 그의 눈 아래로 무언가 나타났다.

그것은 아주 작은 공간이었다. 신발을 덮을 정도로 고여 있는 물과 오래 묵은 공기 외에는 단지 비어 있는 공간. 사람 하나 간신히 누울 수 있을 크기인.

그날 밤, 그는 늙은 고모에게 십몇 년 만에 전화를 걸었고 이런 대답을 들었다.

"거기 니 할애비가 여순사건 때 숨어 있던 곳이다."

"……."

"밤에 한번씩 밥 넣어주고 똥오줌 치웠는데 밀고한 놈이 있어서 결국 잡혀갔었지."

"그때 돌아가셨다는 것만 들었는데."

"무인도로 끌려가 생목숨 수장당했으니 쉬쉬한 거지."

"……."

"우리가 연좌 걸려 평생 숨소리도 못 내고 살았던 게 그거 아니냐."

그날 밤 안방구석으로 잠자리를 옮긴 그는 이번에는 다른 이유로 잠들지 못했다. 고향은 그런 곳이었다.

그 겨울의

사흘 ——————— 동안

-함정임

《동아일보》 신춘문예로 등단. 소설집 『버스, 지나가다』 『저녁 식사가 끝난 뒤』, 중편소설 『아주 사소한 중독』, 장편소설 『춘하추동』 『내 남자의 책』 등이 있다.

테라스에는 보라색 스위트피가 아침 햇살을 받아 생기롭게 피어 있었다. 한겨울에 스위트피라니. J는 집주인 노부부의 얼굴을 떠올려보다가 문을 열고 테라스로 나가 테이블에 놓인 스위트피 향을 맡았다. 그러고는 누가 옆에 있기라도 한 것처럼 또렷한 말씨로 말했다. "그녀가 카트린을 만나야 해." 지난 2월 초 일요일 아침, 루르마랭의 오래된 성지기 집에서였다.

　　J가 남프랑스의 고원 마을 루르마랭을 다시 찾은 것은 7년 만이었다. 그사이 많은 일이 있었다. 누군가 태어났고, 누군가 떠났고, 누군가 돌아왔고, 누군가

영영 떠나는 일들이었다. 돌아오지 못할 곳으로 떠난 이들 중에는 J를 낳아준 엄마가 있었고, 차가운 심연 속으로 가라앉은 수백 명의 소년 소녀들이 있었고, 그리고 P선생님이 있었다. J는 대학을 졸업하던 해에 선생님을 만났다. 그리고 바로 이곳, 스위트피가 피어 있는 한겨울의 루르마랭에서 선생님의 부고 문자를 받았다. 그날도 J는 아침 햇살을 온몸으로 느끼며 겨울의 파란 하늘 아래 서 있었다. 사이프러스 나무 옆 비석에 새겨진 이름과 생몰 연도를 바라보며 한 사람의 생애와 죽음의 형식을 생각하고 있었다. J는 죽음 이후의 형식, 묘지와 비석에 관한 한 수많은 현장 사진들을 간직하고 있었다. 바로 J가 지금 마주하고 서 있는 알베르 카뮈의 묘지처럼 직접 찍은 장면들이었다.

J는 아침 식사를 간단하게 마치고 공동묘지로 향했다. 묘지에 가려면 루르마랭성 앞을 지나가야 했고 J는 이 마을에 들어올 때나 나갈 때나 호선형으로 이어지는 길가에 차를 세워놓고, 완만하게 경사진 포도밭으로 몇 걸음 걸어 들어가 마을을 건너다보곤 했다.

뤼베롱산의 진녹색 능선이 마을을 품에 안듯이 배경으로 둘러싸고 있었다. 포도밭에서 발길을 돌려 나오려던 찰나, '그녀가 카트린을 만나야 한다'는 생각이 J의 뇌리에 스쳤다. 그 생각은 실현 가능성을 따져볼 겨를 없이 이내 은밀한 설렘으로 전이되었다. J는 살갗에 피어나는 옛 감각처럼 휘감아 올랐던 전율을 느끼며 눈앞에 펼쳐진 루르마랭 마을을 바라보았다.

J는 카트린의 집이 있는 쪽을 알고 있었다. 그러나 그 집을 찾아 들어간 적은 없었다. 마을 사람들은 그 집을 알고 있으면서도 누가, 그러니까 J 같은 이방의 여행자가 물으면 알려주지 않았다. 그들은 그것이 그 집에 사는 사람에 대한 예의라고 암묵적으로 생각하고, 그것을 지켰다. 그러한 사정을 알기에 J는 머나먼 길을 달려왔음에도, 7년 전이나 지금이나 그 집에 들어갈 생각을 하지 않았다. 그런데도 J는 그 집의 구조와 창을 통해 들어오는 아침 햇살과 오후의 빛, 그들을 감싸고 있는 풍경과 느낌을 잘 알고 있는 것 같았다. 카트린과 인터뷰를 했던 카뮈 연구자들이 쓴 글과 카트린이 직접 엮어낸 책에서 비롯된 것이었다. J

는 공동묘지로 가기 위해 발길을 돌리면서 카트린의 집이 있는 쪽을 눈으로 더듬었다. 마을 입구에 있는 축구장과 축구장 너머 플라타너스 가로수 길, 그 길 가운데에 있는 우체국과 이어지는 알베르 카뮈의 공간까지, 영화 필름을 천천히 돌려보듯이 눈에 담았다. 그곳 어느 창가에서 카트린은 아버지의 유고를 매만지며 살고 있는 것이었다.

『홀로 그리고 함께』. 카트린은 최근에 사진으로 만나는 카뮈의 세계를 출간했다. J는 엊그제 루르마랭으로 향하기 전, 파리의 단골 서점에 들렀다가 그 책을 발견했다. J는 카트린이 펴낸 또 다른 책, 대형 화집 형태의 『나눔의 세계』를 소장하고 있었다. 아비가 남긴 유업을 짊어지고 살아가는 딸의 운명이란 무엇일까. J는 카트린과 같은 딸들을 알고 있었다. 대학 졸업과 동시에 에디터 생활을 시작해, 한동안 편집 일과 소설 쓰기를 병행했던 J는 소설이 소설을 낳고, 책이 책을 낳는 경험을 했다. 소설과 소설, 책과 책의 기원을 들여다보면 손바닥에 새겨진 금처럼 흐름이 잡히곤 했다. 소설가들은 소설로 대화하고, 소설로 고백하고,

소설로 추모했다. 에디터들은 책으로 그 모든 것을 했다. 카트린은 아버지가 남긴 모든 글의 전문 에디터였다. 동시에 카뮈라는 작가의 생애와 작품을 전문적으로 정리하고, 배열하고, 쓰는 작가였다. 『홀로 그리고 함께』 『나눔의 세계』는 알베르 카뮈의 사진들로 구성한 카트린 카뮈의 저작이었다. 엄밀히는 아버지 카뮈와 딸 카뮈의 공동 저작이었다. 카뮈에게 카트린이 있다면, P선생님에게는 그녀가 있었다.

J가 뤼베롱산 자락 고원 마을 루르마랭에서 그녀를 떠올리는 것은 아주 뜬금없는 일은 아니었다. 카뮈가 살았던 그 집에 장녀 카트린이 살고 있다면, P선생님이 살았던 아차산 자락 아치울 마을 그 집에는 선생님의 장녀인 그녀가 살고 있었다. J는 그녀를 만난 적이 없었다. 그러나 선생님과의 인연의 실타래 속에 그녀가 있었다. 그녀의 얼굴은 오래전 흑백사진으로 보았다. J가 본 첫 모습은 태어난 지 1년 된 첫돌 무렵이었다. 아기를 안고 있는 이십 대의 앳된 선생님을 신기하게 바라보다가 아기 쪽으로 시선을 옮겨 한참 들여다본 기억이 있었다. 사진에서 사진으로,

성장해가는 그녀를 익혀갔다. 현실에서 만난 적 없었지만 오래 알아온 사람처럼 친숙하게 느껴지는 존재가 그녀였다. 선생님이 환갑을 맞이하던 1991년 봄, J는 계간지 편집장으로 선생님의 소설 세계를 총망라하는 특집호를 만든 적이 있었다. 그보다 몇 해 전, 선생님 생애에 비운의 해로 기록되던 1988년에는 당시 선생님이 연재하던 장편소설 『미망』을 담당하는 편집자이기도 했다. 그해 선생님은 남편과 아들을 연이어 잃었고, 연재는 중단되었다가, 몇 달 뒤 이어졌다. 그사이 해가 바뀌었다. J는 그때 언어로 표현할 수 없는 슬픔과 고통이 있다는 것, 살다 보면 내려다보기조차 두려운 슬픔의 절벽과 맞닥뜨리기도 한다는 것, 자식을 가슴에 묻은 어미의 슬픔을 참척慘慽이라 부른다는 것을 처음 알았다. J는 선생님의 특집호 작가 화보에 넣을 사진들을 선별하고 캡션 작업을 하는 과정에서, 몇몇 장면들에 빠져들었다. 특히 20년 동안 살았던 보문동 집 양지바른 뜰에 모여 앉은 네 딸들과 외아들(이 아들은 J와 같은 나이로 J의 친구의 친구였다), 그리고 캘리포니아 세코아 국립공원의 쓰러진 고목에 걸터앉은 선생님의 모습에서 눈을 떼지 못했다. 선생님은 수백 년 된 고목들이 치솟아 있는 숲속에서, 쓰러진 고목의 밑둥치에 살포시 두 손을 모으고 걸터앉아 있었다. 수줍은 듯 미소를 머금고 있었으나, 선생의 표정에는 스무 살 중반의 J로서는 가늠할 수 없는, 바스러질 듯 연약하면서도 처연한 그 무엇이 어려 있었다. 세월이 흐르고 캘리포니아의 거대한 자연림으로 직접 들어가본 뒤에야 J는 그곳에서는 자연 발생적으로 불길이 일어 수백 년 된 고목들을 집어삼킨다는 것을 깨달았다. 불길은 번개처럼 돌발적이면서 주기적으로 거대한 산림을 휩쓸어버리고 새카만 재를 고목마다 흉터처럼 새겨놓았다. 쓰러져 누운 고목의 밑둥치에 걸터앉은 선생님의 마음에는 어떤 생각이 오가고 있었을까. 화마 속에서도 500년을 살아낸 고목이 주는 오싹한 경외감을 위안으로 느끼고 있었을까. 가슴속에 새카맣게 타버리고 남은 고통의 뼈를 어루만지고 있었을까.

P선생님의 특집호는 발간되자마자 완판이 되어 2쇄를 찍었다. 문예 계간지로서는 유례없는 일이었다. 선생님의 특집에 견줄 해외 작가 특집으로 줄리

아 크리스테바가 배치되었다. 문학, 여성학, 인류학 전공자들이 선생님의 삶과 소설을 읽고 분석했다. J는 특집호에 이어 선생님의 장편 전집 작업에 착수했다. 그러느라 J는 해마다 몇 차례 선생님 댁을 방문했다. 특집호를 만들기 위해 사진들을 받고, 화보용 사진에 대한 캡션 내용을 듣던 곳은 아차산 자락으로 터를 잡고 집을 지어 이사 가기 전, 방이동 시절의 아파트였다. 그 시절 선생님은 홀로 기다리고 있다가 J를 맞이하곤 했다. 선생님은 J를 거실보다는 부엌 식탁으로 데리고 갔다. 다과를 가운데 놓고, 원고와 책 이야기 이외에, 살아가는 이야기를 나누느라 시간 가는 줄 몰랐다. J가 선생님 댁으로 들어갈 때는 환한 오후였는데, 나올 때는 어둠이 내린 저녁이었다. 집으로 돌아오는 길, J는 선생님과의 식탁에서의 장면을 꿈결인 양 되짚어보곤 했다. 편집자와 작가, 까마득한 후배 작가와 대작가와의 만남이라기보다는 연애 중인 딸과 엄마, 갓 시집간 딸과 친정 엄마 사이의 애틋하면서도 흥미진진한 수다의 향연이었다. J만이 그렇게 느낀 것이 아니었음을 훗날 선생님이 쓴 글에서 확인할 수 있었다. "지금 생각하니 그때 우리는 동업

자끼리나, 저자와 기자 사이로 만난 게 아니라, 엄마 말 안 듣고 고생길로 들어선 딸이 겨우 행복해진 걸 보고 대견하게 여기는 엄마와 딸처럼 마주 앉았던 게 아니었나 회상됩니다."

　아차산 자락 아치울 마을에 새로 지은 P선생님 댁을 생각하면, J는 제일 먼저 박하차가 떠올랐다. 선생님은 새로 가꾼 뜰에 박하를 심었고, 손님들에게 그 박하 잎을 우려낸 차를 내주었다. 선생님은 이사한 뒤 한동안 매일 아침 창가에서 목도하는 일출 장면을 경이롭게 들려주었다. 그러나 선생님이 흥분한 목소리로 들려주던 그 장관을 J가 직접 본 적이 없기에 일출보다는 박하차의 향기가 J에게는 하나의 감각으로 새겨졌다. 가끔 화원에서 허브들 속에 놓여 있는 박하와 마주칠 때면, 선생님의 뜰이 떠올랐다. 선생님이 세상을 떠난 뒤, J는 그 집에 간 적이 없었다. 갈 엄두를 내지 못했고, 딱히 갈 명분도 없었다. J는 카트린 카뮈와 그녀의 만남을 상상하면서, 선생님의 자료를 찾다가 그 집이 노란 집으로 불린다는 것을 뒤늦게 알았다. 7년 전, J가 이곳 루르마랭에 머무는 사흘 동안 선생님은 이 세상에서 저세상으로 떠나는 장례 의식을 마쳤다. 돌아와보니, 더 이상 선생님은 이 세상에 있지 않았다. 선생님의 영전에 작별인사를 드리지 못한 것이 못내 가슴에 맺혀, J는 박하의 추억을 담아 「저녁 식사가 끝난 뒤」 라는 단편소설을 썼다.

이번에도 J는 루르마랭에서 사흘을 머물렀다. 오래된 성지기 집의 노부부는 영국인 은퇴자로 귀가 잘 들리지 않았다. 뭐든 두 번씩 묻거나 두 번씩 대답해야 했다. J는 아침이면, 루르마랭성을 지나 공동묘지에 가서 알베르 카뮈와 그의 아내 프랑신 카뮈의 비석을 둘러보았다. 그리고 낮에는 엑스에 다녀왔다. 엑스에 있는 대학의 아시아학부에는 500명이 넘는 프랑스 학생들이 한국어와 한국 문화를 공부하고 있었다. 오래전 대학에서 프랑스어와 프랑스 문학을 전공한 J로서는 도무지 믿어지지 않는 열풍이었다. 일시적인 현상인지 10년 후에도 계속될 것인지 모를 일이었다. 엑스에서 돌아오면 이른 오후였고, 카트린의 집 근처를 산책했다. 골목에서 마주치는 마을 사람들에게 J는 수상쩍게 보일 수도 있었으나, 아무도 그렇게 대하지 않았다. 오히려 J 같은 동양인이 여기까지 온 이유를 안다는 표정으로 살짝 고개를 숙여 눈인사를 건네며 지나갔다. 그들과 눈인사를 주고받으면서도 J의 머릿속에는 하나의 생각, 하나의 가정이 시계추처럼 왔다 갔다 했다. 카트린이 서울에 오고, 그녀가 루르마랭에 간다면. 그곳이 어디든 두 작가의 딸들이 만난다면. J는 귀국하는 대로, 이번에는 제일 먼저 아치울 마을 노란 집에 사는 그녀에게, 그리고 이어서 카트린에게 편지를 쓸 것이었다. 편지는 생각보다 길어질지도 몰랐다. 어쩌면 편지 형태의 또 다른 허구가 될지도 몰랐다.

J는 오래된 성지기 집을 나서며, 누가 옆에 있기라도 한 것처럼, "그래, 그거야"라고 또렷한 말씨로 말했다. 테라스에는 보라색 스위트피가 아침 햇살에 생기롭게 피어 있었다.

이 글의 제목은 박완서의 「그 가을의 사흘 동안」을 오마주한 것이고, 본문에 인용된 글은 박완서의 「『행복』에 부치는 글」(함정임, 『행복』, 중앙M&B, 1998. 발문)임을 밝힌다.

멜랑콜리 해피엔딩

초판 1쇄 _ 2019년 1월 30일
초판 4쇄 _ 2021년 9월 28일

지은이 / 강화길, 권지예, 김사과, 김성중, 김숨, 김종광, 박민정, 백가흠, 백민석, 백수린,
　　　　손보미, 오한기, 윤고은, 윤이형, 이기호, 이장욱, 임현, 전성태, 정세랑, 정용준,
　　　　정지돈, 조경란, 조남주, 조해진, 천운영, 최수철, 한유주, 한창훈, 함정임
펴낸이 / 박진숙
펴낸곳 / 작가정신
편집 / 황민지, 김미래
디자인 / 이아름
마케팅 / 김미숙
홍보 / 조윤선
디지털콘텐츠 / 김영란
재무 / 오수정

주소 (10881) 경기도 파주시 문발로 314
대표전화 031-955-6230　팩스 031-944-2858
이메일 editor@jakka.co.kr　블로그 blog.naver.com/jakkapub
페이스북 facebook.com/jakkajungsin　인스타그램 instagram.com/jakkajungsin
출판 등록 제 406-2012-000021호

ISBN 979-11-6026-127-1　03810

이 도서의 국립중앙도서관 출판시도서목록(CIP)은 서지정보유통지원시스템 홈페이지(http://seoji.
nl.go.kr)와 국가자료공동목록시스템(http://www.nl.go.kr/kolisnet)에서 이용하실 수 있습니다.
(CIP제어번호 : CIP2019000445)